SV

Paul Nizon
Canto

Mit einem Nachwort
des Autors

Suhrkamp Verlag

Erste Auflage 2019

Satz: Satz-Offizin Hümmer GmbH, Waldbüttelbrunn
Druck: Druckhaus Nomos, Sinzheim
Printed in Germany
ISBN 978-3-518-42904-4

Canto

Meinem Freunde Armin Kesser

Erster Teil

Vater, nichts Nennenswertes

Mir wird zu eng, ich halte das nicht mehr aus. Diese Hingabe an etwas, das, da und da, eben war und versirrt. Feuriger Anfall und nicht zu fassen noch zu gebrauchen. Feuerlohenringe, und das Hinterher mit Gefühlsscharen und Gedankentrüppchen, Späh- und Kundschaftertrupps, die nichts herbringen, doch unfehlbar verschollen gehn. Und doch *ist* diese Rom-Welt, kocht sich aus auf mir, nicht zu betreten: ich, ein Atlant? Nein. Auf Urlaub sein? Nein. Kopf und Herz herhalten für etwas, das gewaltig lebt um mich herum und mich millionenfach überdauern wird, unbetreten? Nein. Keine Zeit haben, besetzt sein, um nichts zu tun. Und brauche alle Kraft für mein Aushalten und immer verwirrenderes Aufder-Lauer-Liegen. Wann werde ich eintreten? Ich will auf die Welt.

Nun hör zu, Vorzeigebild an der Wand, Bildnis fremdländisches und photograues aus einer Vergangenheit, die schon tönt, hör zu, sag etwas, Vater du, mit dem ich Lorbeeren ernte, dessen Ableger ich bin in dieser Zeit und nun auch hier: ich frage dich, ging dir das auch so?

Im Omnibus, grün, mit dem Fahrer in Schwarz, der hochsitzt, den Fuß auf der Bremse, anrast, schockert und stoppt; wo die Menschen so stolz, weichelegant und gelassen passieren und alles auch im Gedränge mit Gelingen sich bewegt, wenn die sonngebrannten, rauhroten Fassaden, Plätze, Kirchen, Märkte im Sonnenlicht gegen die Fenster treten und zurück, rötlich, hör zu, paß auf, und plötzlich, ich sitze gerüttelt und gut unterhalten und somit beschäftigt, beruhigt, begütigt, da immerzu Plätze eintreten, rötlich, rot, Fassaden, Geschäfte, platter Tag, steinrauh und leuchtend in Bändern, muß ich erschrecken, weil da nämlich aufsteigt aus dem Nichts und vorwärts sich schiebt, aufrecht, auf zwei Beinen, an-

gezogen, domestiziert, hier, mitten unter Leuten, in der Öffentlichkeit, im Omnibus, grün, grün, der rast und stockt, rast und stockt und Teilnahmslosigkeit und Langeweile in Schönheit durch Straßen führt ...: frei sich bewegt: das Weib. Das nackte Weib, das liegende, wellige Weib mit der Haarwoge, haarweiche Weib, nackt, hier im Omnibus sich vorbegibt, mit weißen Handschuhen nach der Stange faßt, ›permesso‹ und teilt die Menschen, durch die sie schreitet; sich vorbegibt, hinsetzt, da ist; vor sich hin und vorbeischaut, frei und stumm: das entsprungene Weib, gutangezogen, aufrecht und gefaßt, aufrecht, hier!
Sag, kommt das von dir, ging dir das auch so, kommt das von dir? Fremder! dieser herrliche Schreck?
Und mitten am Tag war's, Tag war's, aller Mauerstein aller Mauern, Palazzi, Kirchen, Ekklesien und Märkte, bleichte in der Sonne, dieses Himmels, der voll Meer ist, und wir die Klippe, und die Tankstellen und die kolossalen Reklamen, meist mit Mädchen, liegenden, leuchteten im Tag. Hart und grell.

Schön schwarz ist die Zeitung. Ich lese sie nicht, aber ich habe sie mir an die Wand gehängt. Schön schwarz klebt die Zeitung an der weißen Wand. Und schön fett und feucht und gut mit kletternden Lettern macht sich auf der Wand, was die Zeitung enthält. In meinem Zimmer da, in Rom, wo ich ungestört arbeiten dürfen soll, schreiben also, Wand an Wand mit den andern Stipendiaten meines Landes. Aber was? Da schickt man sie aus, da lädt man sie ein, ihr Pfündlein zu schürfen, es kohlblätterartig und möglichst elefanten-ohrengroß aufgehn zu lassen.
Was soll ich hier? Ich kenne das nicht, den schön umrahmten Zweck. Was ich da an die Wand starre, auf die Straße horche. Ungeheuerlich ist die Freiheit solchen Aufs-Eis-Gelegtseins in schöner Stadt. Aufs Eis fürs Hinterland Vaterland, dessen Organe Rechenschaft sehnen für nichtvertanes Vorrecht, in Ruhe gedurft zu haben, und vaterländisch der Buchung der Früchte harren, in die die Gaben aufzuschießen pflegen in schöner Stadt: elefantesk.
Sie schimmert nicht, die Stadt. Unberührt hell tönen die Farben von den vielen, den vielen Mauern. Kuppeln wölben sich prall. Größenwahn-

sinnig anspruchsvolle Signa, jedoch längst auch Natur geworden. Phallische Beutel. Rot, rötlich, braun und ocker, die Mauern. Sonnenbrandmauern, leicht bröckelig, und der Himmel dick blau darin. Ja, im schönen Steinbruch lebt sich's hier. Unten. Und die Sonne ist nicht fern: mittendrin, mittendarin der Himmel voll Sonne. Darum die Mauern so rot, darum das Leben so leicht und vertan, die Menschen weich, glänzend und weich. Und das Grün so gebärdenreich neben Mauer und Stein. Zeitlos. Ernst. Haltbar. Dürr. Immergrün.

»Um mal brutal zu fragen«, sagte der Kerl, Direktor einer Akademie oder Schule, sagen wir eines Instituts, bei einem Abendempfang in der Villa, bei dem die Stipendiaten dekorieren dürfen (man hatte mich als Schriftsteller vorgestellt): »was haben Sie zu sagen?« Ich weiß nicht, was ich antwortete, ich weiß aber auch wirklich nicht, was ich allenfalls zu sagen hätte. Zu laufen habe ich immerzu. Dabei kann und mag ich nichts anschauen. Aber so die Flanken des Lebens abirren, immerzu, daß es wie Fahrwind an die Gesichtshälften rauscht. Die Seiten der Stadt abirren. Ich laufe mich völlig aus. Natürlich sehe ich allerlei, hinter dem ich Sehenswürdigkeit vermuten darf. Aber will ich mir's anschauen, steht ein Esel in mir auf, bockt, spreizt sich dagegen. Eine Müdigkeit befällt mich. Warum grade das? sagt sie. Mit ebenso gutem Recht könntest du dies dort besichtigen. Aber wo führt das hin? In die Unendlichkeit, nicht zusammenzudenken, in die Zerstückelung ferner und schließlich in Einzelheit, Einzelfach und Einzelhaft. Bin einfach nicht dafür zu haben. Ich lasse mir lieber alles um die Ohren wetzen, bis es ganz allgemein tönt, wie die Sommerfront tönt, ein sonniger Waldrand, als hätte man eine Stimmgabel angeschlagen. Oder ich fahre im Omnibus durch Gewühl und kochende Straßenkessel.

Ich will es nicht einzeln zusammensuchen, nicht auf Schnitzeljagd mich abbringen und nicht auf Einzelspur losschicken lassen. Da bin ich gewitzigt. Einzelwissenschaft ist Gefangenschaft. Man steigt bei einer Gegebenheit ein, kriecht der Entstehung entlang zurück, mit kurzen Armen Umstände sammelnd am Wege, bis man zu einem scheinbaren Anfang gelangt, der sich wiederum zum Scheideweg in weitere Uranfangsrichtungen aufsplittern wird; kriechst zurück Stadien und Stadien, die keiner sieht, nur groß zu denken und argumentieren sind, da ja keiner sie sieht, jeder anders sie meinen darf, bist längst ab vom Anlaß, der rundum Wirkung nehmend und sendend einst vor dir stand und dich anrief, ab vom Wirkungsturm, bist auf dürren Wegen der Papierbrillenschlange, sicherst groß daher und eliminierst ... Es lebe die Geistarbeit, und das Verpassen ist unser, und keiner merkt es, daß er längst nur mehr die Gräte in Händen hält ... nein, ich bin nicht mehr für Wissenschaft. Nie wieder ein Einzelnes. Wirst im Kanalisationsrohr erblinden, und groß gedeiht nun der Ignorant, und es wachsen Einbildung und Dünkel da im Dunkel, kohlblattartig.

Lieber, viel lieber lasse ich es mir so lange als Trübnis um die Ohren schlagen, bis die Reibung den Ton erzeugt. In mir, selbstverständlich. Nur müßte ich aufpassen, daß ich mich nicht vollends auslaufe, hier in Rom, und dann für den Rest des Tages erledigt bin und nur noch aufs Essen warte wie ein Pensionär und beim Essen darauf, daß es vorüber sein möge und so fort. Und all das immer in der trügerischen Hoffnung, dieser Zustand

und die Folge dieser Zustände, die insgesamt ein Unzustand sind, werfe mich aus, wie der Wal den Jonas, werfe mich – wohin? An Land. In einen Stand mit Zügeln in Händen.
So lange habe ich für nichts Zeit, nicht einmal für Briefe. Die täglichen Pflichten – ich lasse sie liegen. Die Verbindungen verdünnen sich – ich lasse sie verdünnen. ›Nicht stören / Do Not Disturb‹ hängt mir vor der Brust, in der nur ein Wunsch lechzt: Einsteigen können. In die Stadt gelangen. Endlich ankommen.

Mein Halt ist die Verneinung. Beispielsweise: im Institut hier, beispielsweise: der anderen Mitglieder Ansichten über Stadterlebnisse, Tagbewegendes: Für mich immer Magermilch, was da herauskommt, saure Brötchen. Zwergenmagen, Zwergenmund meinen Walfisch zu schlingen, und drehen artig Bonbon rund. Ich breche jede Solidarität, ich habe ein vernichtendes Wort für all das gefunden, das wende ich an: Vorkriegserotik. Ebbe und Flirt. Und weise Unzuständige auf ihren Platz. Was mir von diesen ›membri maschi e femmine‹ dieses Quasi-Hauses entgegenkommt, ist doch nur Sonntagsschulmeinung, vom Lebensgewicht vollständig unbeschwertes Papperlapapp, um schön zu tun. Natürlich nehmen sie mir die Negation nachsichtig ab. Zu Unrecht. Ich leide es nicht, wenn mir das Ding in Kleinstverpackung aus dem Munde unbetroffener Blaßjungbürger entgegenrückt, leide nicht solche Blasphemie bei Tisch.

Und erst wie sie leben: bienchentüchtig hier in Rom. Sammeleifrig trippeln sie auf Bibliotheken, trippeln dabei durch diese leuchtendwilde Stadttagessumme, pflücken mit Lüsteräuglein äußerste Blättchen vom gewaltigen Baum, für den Hausgebrauch niedlich und verdaulich gemachte Blättchen, und setzen sie anspruchsvoll als Argumente in Umlauf. Errüsseln sich Sprudel aus Wein und Nektar und gehn unangefochten von der erdrückenden Übermacht, die sie umgibt, ihres Wegs. Ihrem Sinn nach ist das Leben ein Knabberhaus, die Stadt ein Knabberhaus, man pickt das süße Lebkucheneck heraus und dazu den Nußkern und hat's im Mund.

Manchmal geht das Haus, Institut, auf Exkursion. Versammelt sich vor Kirche, setzt Fuchsgesicht auf, schnuppert und nimmt Baugeschichte

und Kultbedeutung, Geschichtsort und Kunstmaß schlicht gegenzeichnend zur Kenntnis. Brille, Täschchen, Regenmäntelchen und Kopftuch bunt und wimpelnd um ein Klosterpförtchen geschart: Aufmerksamkeit. Emsiges Inventar.
Natürlich: es gibt beispielsweise auch Kirchen. Zu sehn. Monstren von Wohlgebärde, Tagungshallen und Nachtgesangssäle. Vor allem Stein. Gras wächst bestimmt auch aus Petersdom-Fugen. Wächst, weiter, während der kolonnadenumfaßte Platz seinen harten Boden spannt und aus zwei Brennbrunnen das Wasser quillt, unter dessen Überfallfahnen die Römer die Wagen zum Waschen fahren im hellen Licht, während die Pilger, die Touristen sich nähern, Menschenmenge, wunderwärtig und staunensbegierig, anrückt, viele einzelne, bunt aus Herren Ländern, aber von oben Menge, und die Läden am Austritt der Via della Conciliazione die heiligen Souvenirs in Schaufenstern braten, was Parfüm und Weihrauch ineinanderfacht, auch Schweiß: wächst Gras stetig aus Stein. Und nachts ist so eine Kirche mir nichts als Rückenhalt, kleiner Schattenunterstand dem heimkehrenden Bummler, der dann in der Spätbar noch etwas trinkt,

draußen, wo es wieder belebter ist, und zwei Wagen fahren vorbei, schwarz, vielleicht ist der eine von Geheimem Prälat im Fond einsam besetzt und wird in den Vatikan einfahren, wo das eine Fenster, sehr oben rechts, noch erleuchtet ist. Die Garde öffnet hinter dem Tor zurücktretend groß Eingang.
Mich interessiert entschieden nicht die Baugeschichte und nicht die Ausstattung, nicht die einverbauten vielen früheren Kirchen (leicht zu entwickeln), nicht die investierte, dauernd korrigierte Geistarbeit der Planung, die Gedanken- und Kunst- und Kraftleistung der sich ablösenden Baumeister und Generationen. Mich interessiert der Stein, aus dem Gras wächst, während ... Der Stein, in dessen Schatten ich vor der Sonne kusche, der Stein, an den ich meinen Körper lehne, dem ich im Körper mich anvertraue, wenn ich nachts vorbeikomme und aus Säulen auf Säulen und Platz schaue. Ich halte mich an den Stein, der alles andere enthält. Ich halte mich an die Agglomeration, unentwirrt. Ich halte mich an das große Ding, das Hingestellte, Dastehende. Den Stadtgipfel, die Schattenfront, die benzingetränkte Wand im Verkehr, den Treffpunkt oder Regen-

unterstand, den Sonnenbehälter, den Zeitbehälter, den Mich-Behälter, die Faust im Gelände, den Katzenhort.
Bin auch schon eingetreten, in Kirchen. Ist ein Himmel im Gewölbe, der schwingt; anders als heiterbreite Straße im Saal der Santa Maria Maggiore. Schaut mich ein Mosaikgesicht an, das so viel größer ist.

Ich verderbe, störe, beschmutze alle Ansichten anderer, die dahin gehen, die diesbetreffend sind, sage mein ›Vorkriegserotik‹ dazu oder mein Verdikt ›Ebbe und Flirt‹ und liege auf der Lauer, liege vor den Toren dieser Stadt, immer angesichts … liege. Möchte heraus. Möchte auf die Welt. Nur zwischendurch, wenn ich wegstrauchle, hastig Fahrt- und Schrittziele setzend, die ich vergesse: zwischendurch, beliebig auf Straße oder Omnibus, lebe ich kurz, lebt der Strolch. Der sonst daliegt, ohn' Macht, machtlos vor den Toren, immer angesichts.

Nahe daran und nie habhaft.
Kann es nicht einnehmen, kann sich nicht abwenden, kann nicht herein, nicht heraus. Ist in Rom

und nicht an-, nicht herangekommen. Liegt davor und muß warten.
Wer sich unter dem Früchtebaum liegen weiß als Lebenszweck, unter dem Baum mit dem großen ganzen Ding, der vermag das Leben nicht in Tüten zu leben, nicht in Gittergehegen. Der liegt unterm Baum, dem horcht er zu, den guckt er ab, den wartet er ein, den unterdauert er. Auf dem Bauche unterm Baum, unter Baumes Raum. Und da sagen sie: nimm's Eselsleiterchen und steig hinauf, steig ein ins Nestchen, und du steigst auf. Wer auf Bauch in Baumraum liegt, steigt nicht ein. Wünscht sich nicht, Made zu sein, als Made Gänge zu erschlurfen und immer unter Tag. Der muß unter Baumraum atmen, die schöne Trübnis haben, nah. Der nabelt sich an, will sich wenigstens angepfropft wissen und glauben, daß er Lebensmilch trinke. Und so kann er schnaufen unterm Baum als Lebenszweck.

Und doch, ich kann es nicht lassen. Zu versuchen. Alle Instrumente haften an dem Ding, mit aber Näpfen an dem großen ganzen Ding. Und zum abersten Mal zucken die Finger, möchten greifen, ein Weniges ins Zucken bekommen, geringstes Klümpchen kann's sein, es festzupappen: daß etwas sei und fest sei, daß Festland sei, wie wenig auch immer – all dem gegenüber! Eine Betbereitschaft fühl ich manchmal in mir, und schon leer läuft die Mühle, aber die kann's ja nicht fassen, das Ding, ist zu groß, aber Nußkern und Lebkucheneck verschmäht sie. Und die Finger zucken verzweifelt und nähmen das Geringste, das eben zufällt, nehmen die flatternde Silbe, nehmen sie auf ins Gebet, auf ihr zu mahlen. Sie durchkonjugieren, sie durchdeklinieren möcht ich. Sie verbetmühlen könnt ich bis zur Erschöpfung.

Eine kleine, kleine, kleine Blumenanlage im festen, entschlossenen, tüchtigen Frühlingsvormittagslicht. Hatten wir. So einen Blumenbauchladen auf dem steinernen Muskel eines Platzes. Als ich klein war. In jener meiner damaligen Vaterstadt. Da dran lief ich auf, an den vorauseilenden Seilen meiner Blicke, wenn ich von der Schule kam. In jener meiner damaligen Vaterstadt.
Gehörnte Trams fuhren vorüber, säuberlich in Eisenrinnen inmitten der Straße; Enten, die gar nicht auffielen. Die Eisenrinnen bezähmten lä-

cherlich leicht die Kolosse, die voller Metall einherschifften, gewaltig einherschienten, kinderleicht bezähmt. Einkaufsfrauen trippelten, trottoirbetröpfelnd, heimzu. Riesenhaft aufgeplusterte und korsettierte Häuser, balkonumhängt, steinstarrend schauten sie zu, schauten auf die grauen verschatteten Plätze. Gießkanne und Gärtner, während die Hausfrauen ... auf der Straße ... Bei uns hingen die Balkone über die graugrüngrauen Häuser. Häuserhängebrüste. Der Himmel weit oben, dünn; die Straße trocken, schmerzend ihre Maschen im nur sauber zeigenden Licht ohne Dunst. Dies alles immeraufgeräumt und am Platze. Aber auf dem runden Platz, abends: Platzkonzert. Einsamer riesiger Kontrabaß. Ein Posten. Über die Hängebalkone hangen die Leute in jener Richtung, horchen. Kühl das Licht, klein, mager, unterernährt und blaßgrün die Bäume, glatt und trocken der aufgeräumte Asphalt. Viel Hohlraum, viel Platz für Erwartung hat das Kind.
Eines Abends: Extrablatt: Krieg. Lief hinunter, es dem kranken Vater zu holen. Lief klein im aufgeräumten, weiträumig leeren Friedensstraßenbett herum, wünschte groß, daß der Sturm auch zu uns kommen möge.

Der Regen gefiel mir. Eine Zimmertür, wenn der Regenatem … Und die schwellende, keuchende Gewitterbrust draußen.
Eine kleine, kleine, kleine Blumenanlage im festen, entschlossenen, tüchtigen Frühlingsvormittagssonnenlicht.

»Was haben Sie zu sagen?« lautete die Frage. Nichts, meines Wissens. Keine Meinung, kein Programm, kein Engagement, keine Geschichte, keine Fabel, keinen Faden. Nur diese Schreibpassion in den Fingern. Schreiben, Worte formen, reihen, zeilen, diese Art von Schreibfanatismus ist mein Krückstock, ohne den ich glatt vertaumeln würde. Weder Lebens- noch Schreibthema, bloß matière, die ich schreibend befestigen muß, damit etwas stehe, auf dem ich stehen kann.
Muß mich endlich da hineinzuschreiben suchen, den Laufteppich einer Ankunft legen, den Läufer. Machen. Daß ich herausgelange aus dem Bann, der mich auf Bauch wirft, und hineingelange in das Ding. Mit Schreibfingern. Zum abersten Male versucht und aufgegeben. Und soll sein. Ohne Fabel. Ohne Geschichtenstil. Ohne Personenerfund. Ohne Hans. Trat auf die Straße. Zwölf Uhr

und ein Lüftchen geht. Ohne das. Ich bin nicht Hans. Und Hans ist nicht das Ding und kein Ersatz dafür. Kein Hans also. Ich. Fange an.

Mustern sich Fliesen des Zimmers und mustern dich. Stehst auf, es ist Abend. Weißt die rotbraune Mauer gegenüber, geheizt von der Sonne, treibt Gras aus den Ritzen, trägt Grün, Gesträuch und Kakteen in Vasen auf Mauerstein. Der Himmel ist blau, und der Mond steht darin. Blaßmond und Lampe.

Plätschern, Scharren, Schnarren unterm Fenster. Palaverfetzen.

Der Mann, der die Autos parkt
Der Mann, der die Kippen sammelt
Der Mann, der Oliven verkauft
Der Mann mit den Photos
Schnauf von Wagen
Beugen sich liebenswürdig die Glocken von San Isidoro dei Irlandesi
Einer pfeift, ein Bremsengelächter, ein Vogel wimmert, nun das Rauschen der Wagen, der Gesang von den Mönchen
Ein Alter starrt in den Cadillac.

Es regnet nicht. Es murrt, raucht, kocht. Es steht der Mond am Himmel, und der Himmel ist blau. Gehst aus, gehst dich wärmen.

Auf dem warmen rötlichen Mauerstein fiebern heiß die Leuchtschriften, blau, gelb, grün, aus Bars und Fenstern quellen Schwalle von Honiglicht, und unter den Häusern mischen sich dunkelgekleidete Leute, sanft, nicht hastig: gelassen wie auf einer Gesellschaft. Nur das Schneuzen der Wagen erinnert die Straße. Ihr Schnauf stößt heiß an die Kleider. Im Stall der Stadt mittendrin.

Die Via Capo le Case hinunterwischen, an der Seite der Stein geht mit, er riecht, er streckt seine Flanken aus, und jedes Lokal ist ein ruhig lehnender Mann, schwatzt, und aus dem Radiogeschäft trällert, feiert, erotisiert die Stimme der Mina im neuesten Schlager. Der Polizist pfeift, und in wildem Schwarm fahren die Wagen los, das Straßenbett, seinen Grund, aufwühlend mit Wimmeln, und doch kannst du mittendurch, das schnauft dich an, pustet, brüllt, aber jenseits, am andern Ufer, das ruhige Mischen der Leute, eine Kirche macht breit Portalgebärde, Treppenaufgang auf eine vorgeschobene Piazza hinaus, eine Frau, schwarz, steigt hernieder, das Kreuzzeichen vollendend und Mantel raffend, Anhauch von Weihrauch, Innendämmer und Ewigem Licht auf die Straße, dieweil ein Junge den Ball stößt, zwei Ladenbesitzer über die Straße schreien, die Geschäfte illuminierte Pracht hinauswölben, Fahrräder um Ecken flitzen, Kaffeebar dampft, die Vögel in Girlanden zwischen Lorbeergrün vor dem Wildgeschäft erschlaffen, die Schuhe sich stapeln daneben, die Karosse mit den Touristen in anderem Takt wankt, alles sich ineinanderfacht mit Abendgeruch, da schlägt, bimmelt Trinità dei Monti hernieder, und theaterrot ist der Stein auf der Piazza di Spagna, wo die Palme kulißt, der Muschelbrunnen die jungen Leute versammelt, und dennoch brät die Rosticceria dir ihre Lasagne in den Mund, und es ist ja noch hell, obwohl nun elektrisches Licht im bleichenden Tag schon wärmer durchdringt. Bei San Silvestro ist schon viel Corso, Leute führen Straßen spazieren, alles schreit, murrt, kocht, heizt, schnauft – und ist still. Gehe aus, gehe mich wärmen.

Ach, diese Stadt, hingelagert die vielen, vielen Häuser, die vielen Leiber aus Stein, teils überkuppelt, Mauern rötlich gebrannt und weißlich, gelblich gebleicht. Und das Hallende, Luftige dazwischen.

Große, große Stätte aus lang lagernden Leibern, Leibern mit Steinhaut, sonnengetrocknet. Lagerstadt, backend in der Sonne, Lagerstadt atmend im Steinhausdunst hell. Backend und atmend im Himmel, im Himmel blau mit Händen zu greifen, Leiber aus Stein, ihre mauernen Rücken, Rücken an Rücken, lagernd.

Und diese Frauen! Kreuzen dich auf den Straßen, kreuzen auf festen seidenprallen Beinen den Mann, stumm. Tragen sich heran, tragen drängend ihr Gewölbe, ihre Aura geht mit, gehn in der Aura ihres sonnenwarmen Gesichts, gehn im Dunst ihrer offenen weichen Haut, gehn mit dem Dunkelblick im vogelgroß geweiteten Auge, gehn unter schwarzer Bewimperung, tragen sich einher. Hemmen den neuvorhandenen Mann, den sie kreuzen, straßenlang übermächtig und bedrängen – uneingehbar. Kreuzen dich mit dem Auge, das dich nicht anschaut, nur scheut und Dunkelblitz bereithält, wenn du es suchst, vielleicht stellst. Mit dem Auge, in dem der Körper wacht, nackt. Gehn im heizenden Stein, gehn in der Aura ihrer warmen Haut, gehn zierlich und schwer, drängen, kreuzen den Mann. Der den Schritt verhält, der sich verhält, den es hemmt, der sich nicht hemmen lassen will, im Auge ihren Körper stellt, der da nah ist, scheut, Zorn blitzt oder Lachen blitzt und vorbei ist und von neuem sich sammelt im rundumwiegenden zierlich selbstbefragenden Schritt. Gehn vorbei und einher, verwundbar nah. Gehn durch die Stadt in Übermacht.

Manchmal gibt eine Biegung den tiefeingeschnittenen Straßenzug preis, den ein lichtundblau verfestigter Himmel anfüllt bis auf das Pflaster. Er steigt mit blaulohenden Flanken, fällt wieder in Mauern.

Ach, diese Stadt ... Die Sonne immer vielbündelig auf den Steinen und wir am Boden des Steinbruchs, wo nur wenig Schatten bleibt. Sind unter entschleierter Sonne, die durch keinen Dunst muß, und haben die Sonne im Kopf und Mauern im Auge und gehn im Kreise, höchstens den Frauen nach. Die zum Brunnen gehn, die Amphoren ihrer Körper beaufsichtigend zum Brunnen gehn, bis sie gebrochen werden oder zerschlagen, alle, und den Mann zum Hammel machen, ihm die Rolle zurückgeben, die ihm zukommt in dieser Stadt vor der Moral.

Unverhüllte Stadt – das viele, viele Gelagerte, Mauerleib an Mauerleib, hell, schimmernd hell, Stein-

bruch und Ofen, Steinofen im Sonnenlicht, im Himmel vom Meer.
Längst hat sie die Kuppel über mich geworfen, gehe irr. Alles schließt sich. O gewiß: ein offen Haus, treibt Gras aus den Ritzen, singt Ritzen- und Fugenlieder. Aber alles schwingt rund in sich zurück, man kommt nicht mehr los, die Welt hört auf und in dir das Weltgedächtnis, bleibst im runden Haus, groß, mit dem Kuppelgeist. Mit den Frauen, die, nacktverpackt, dich anführen, zierlichen Schritts, über dem alles Runde in Runden schwingt. Frauenstadt. Phallenstadt. Kommst manchmal auf Plätze, die öffnen sich, mit Panoramen aus Toren, Mauern, Kirchen und Treppen, öffnen Raum und Arena. Aber da ist kein Fortkommen. Gehst bloß in die Mitte, mit oder ohne Obelisk, die Arme auszustrecken oder zu verwerfen, nicht durchzugehn. Kupplerin Stadt: dein Gefangener.
Wie fortfahren? Ich sehe keinen Fortgang voraus. Überall schießt Kraut aus dem Tisch. Wildwuchert der Krautacker Tisch und nicht zu übersehn. Kann keinem Kraut den Vorzug geben. Da wird kein Garten daraus. Und da liegt kein Stülphut bereit. Muß solche hochfahrenden Pläne aufgeben

und fallen lassen. In Rom sind die Pfade gestorben, verwachsen. Und so muß ich betreffs Rom und jeder Romstadt bekennen: es gibt sie nicht. Nicht einzusehen. Muß von neuem losgehen und nochmals anfangen.

Grottaferrata

Da – das Plakat für die NECCHI-Nähmaschine vor heranflitzenden Bäumen – rechteckig, fastquadratisch, schwarze Blockschrift auf Weiß in schwarzblauer Rahmung – war immer mein Signal, daß die Haltestelle nahte. Wie die fahren, vorwärtsentschlossen und ohne Kommentar, haltend nur, wenn einer zu- oder aussteigt, muß man diebisch aufpassen, daß man den eigenen Absprung nicht verfehlt. Wartete da immer noch die Kirche ab linkerhand, den hochgereckten Arm, hell rot vor Land in Luft, genoß noch das schnelle Abfallen des freien Stücks Campagna in einem Heckendurchblick rechts: einige Blicke lang dichtkrauses Land in sattem, hitzegrauendem Grün, blättergeschwelltes Gartenland, Gemüseland, flach, KA NA AN, Pan-gedämpft, PA NA AN, Campagna, täglich so nah und noch nie betreten: vor-

behalten. Jetzt links die Osteria, luftig. Steinterrasse, Tisch unter Laub. Jetzt BIVIO, mein Halt. Der laubige Vorgarten der Bar, BAR aufreizend vielversprechend geschrieben, daneben das Täfelchen SALE e TABACCHI. Autos davor, lungernde Männer. (Nachts die Lampen im Laub, Automatenmusik; drinnen, hinter der offenen Tür: heiseres Gekrös. Television.)
Kaum hast du Boden gefaßt, rattert der Autocar schon an dir vorbei. Und mit *einem* Blick-Atemzug ist alles wieder: die Luft, die leichte, weiche wiegende Luft, Farben- und Tönebad: wie ziehst du sie ein nach der Brustklammer Rom. Und Landschaft, Albanerberge. Villen im Laub, schimmernde Häuserwände neben Baumgestalten. Das stuft sich frei, will teilhaben an der Luft, der Sonnenluft. Türmt sich auf. Das Band der Autostraße springt weiß zwischendurch, das Tonband Straße, mit Trillern der Hupen, mit den selbstüberzeugten Brüllern der Motoren. Das lauschen die Villen, die Bäume. Und die Straße hat Radios aus laubversteckten Fenstern, Gesang aus Gärten im Ohr. Dank der Luft. In die Luft werden die Hupen geflochten und canzoni. Eine Luft voll Weltverkehr, wenn man hier ist. *Ist* zwischen Villen

und Bäumen, denn gehen wird man kaum. Auf den Hügeln oben die ineinandergeschobenen Pinienschirme. Sind wieder da. Horizont mit Silhouettenkamm. Dunkelgrün.

Alles fällt sofort auf mich zurück, was ich hier die Monate lebte.
Oh, die vielen Male, als ich so angekommen war. Wenn ich jeweilen ankam, das steinerne Haus in den Zypressen kauern sah, malvenrot durch Rieseln ernsten Grüns, und nun durch den Garten ging, um von der freien Halle her überraschend einzutreten. Alles mit einem Mal wieder war, als wäre es nie anders gewesen, nie anderes gewesen als das: Kies, nadelgetrübt, zäpfchengefleckt zu meinen Füßen, die schiefhängenden heißen Läden der Kellerfenster klaffen, aufgeworfene abblätternde Farbe. Der Eidechsen Huschen oder stummglucksendes Atmen. Vom Nachbargarten Angelas Gang, barfuß durch übermannsgroße Reben, ihre sandbraunen Beine und ihr Gesang wandern und verschwinden im Rebberg. Beingesang. Die Kinder, angerannt: »Schau dies! (die Lilie mit tiefblau gezückten Schwertern) und das! (Funde im entwässerten Bassin: verlorengeglaubter Pfeil, ver-

rostetes Pfeifchen)« Und du von der Steinbank mir zuflogst. Deine Schlankbräune herumwirbeln, Dein vertrautes Gewicht. Kaffee auf der Steinplatte, ein Flieger nach Rom – woher? Die reine Luft: ein Meer voller Weltverkehr, die Luft, durch die die Obelisken der Zypressen ragen, die Mandel- und Pfirsichbäume zweigen, die Hitze stillt. Ein Luftmeer, bewohnt und bevölkert: mit Schlangen der trällernden Hupen von Autocars der Linien STEFFER und ZEPPIERI, mit Gezeiten der Motoren, mit Gesang aus Gärten, Radiohäuslichkeit, die kopfüber durch nicht gesehene Fenster entflieht. Man sieht nur Mauerstücke durch Laub, Ekken von Villen eingelaubt und – Luft. Eine Luft, die alles glücklich behält, indes die Pflanzen ragen.
Über Papier sitzen am sonnenhellen Tisch. Wunschlos. Unter dem Fenster die weißschimmernden Pfähle des überwachsenen Laubengangs halten mitten auf die Vase am Hang, wo unser Garten endet. Ohne Entführung. Ihr Schimmern kein Fluchtweg.
Links die Nadelspringflut der einen Zypresse. Ihr Grün, gesprenkelt von silbernden Zäpfchen, ein Firmament (er läßt mich nicht los, der gesträubte Bart, zottig gen Himmel), und weiter dahinter die

mächtige Agave, ihre kühl entrollten Schneiden drohen, wachen der Schaukel, die jetzt herrenlos baumelt, brüchig das Seil.
Und Angelas Beingesang in den Reben.

Das Fahren im grünledernen Halbdunkel der Corriera. Dumpf der Geruch von Alter und Leder. Kleine Fenster, staubige Vorhänge, die sich nicht ganz zurückschieben lassen. Die hohen ächzenden Sitze, die harten blanken Stangen an den Sitzen und im Gang. Der braununiformierte Kondukteur mit hintergeschobener Mütze, der sich bei wildesten Rucken gelassen durchschiebt, ohne Wort Geld nimmt und herausgibt – er greift eine Handvoll Münzen aus der Tasche und wirft sie auf den Billettkarton. Das Losgelassene dieser Busse auf freier Strecke. Das Gegenwart jauchzende Trällern der Hupe, die sich Bahn frei schlängelt, hell, hell. Dies ungedrückte Vorhandensein, wenn man sitzt und fährt. Die freien Menschen, wie sie reden, sich wenden. Unbelästigt mithingehörig. Wenn der letzte den Türtritt besteigt, wird angefahren, der Tritt klappt, kaum freigegeben, hoch – und gefahren um des Fahrens willen. Wind. Vom Fleck kommen.

Das Fahren muß ein Schiffschwert haben, rührt alles auf.

Damals spät noch zum Einkaufen gegangen. Um abzukürzen, den überwachsenen Bachpfad hinunter. An den Bergen von Konservenabfall vorbei, an Büchsen, Flaschen, Geschirrscherben, Schuhen vorbei. Die Luft glänzte seltsam, inständig, balsamgeladen, überschön illuminiert, alles zitterte, verzitterte darin. Während des Abstiegs Fledermäuse, huschende Fetzen, fliegen scheiteltief. Und dieser schmerzhafte Schönglanz. Plötzlich blitzzerrissen, Himmel und Erde, und eh ich noch in die Einkaufsstraße kam (schnurgrade Straße ohne Blickfang enttauchend, Bazarweg, bunte Namen auf Marmor, klingelnde Kettchen in den Eingängen der Hühner- und Eier-, der Schaf-, der Schweins-, der Kalbs- und Rindfleischgeschäfte, der Spezereiläden, die Drogerien heißen ...), bevor ich im Laden war: Silberschwall, Hagel metallblank, furchtbar platzende Schönheit. In der Weinhalle untergestanden, die bauchenden Fässer, die dunklen Tische, Bänke voller Leute wie im Innern eines Tiers, Sauergeruch von verschüttetem Wein auf Stein und Holz. Draußen das Prasseln.

Durch den Toreingang aus der Höhle in das Wetter hinaus warten, in das Trommeln, das Ungeheure. Der Boden plötzlich aufgeweicht und überströmt, abschwemmende Erde aus Seitengassen, Marmornässe, alles steht atemlos andächtig in ohnehin offenen Türen. Zu früh heimgelaufen, quergelaufen unter den Granaten dieses schönen Gewitters, die schlugen ein auf dem Schädel. Und endlich daheim; und in der Wohnküche endlich, die dampfenden Spaghetti in der großen Schüssel, die Kinder darum feierlich angstvoll: starren auf eintretenden Vater.

Durch die kleinen Fenster – die staubigen, nicht recht wegschiebbaren Vorhänge aus steifem Stoff immer im Wege – fällt das Land ein, baut sich Tag auf: sprunghaft, aus staubigem Gras, Aquädukten, groß vorbeiquerendem Camion. Cinecittà nun, über eine Brücke; Tankstelle mit Jünglingen, groß das Plakat mit dem Höllenhund, der Feuer lechzt; nun Mauer; wie Mauer aufsteht. Fugenwerk mit Grasbüscheln. Vorstadt, Wohnkasten, Windschiefe, Kinos ... Dies Gefühl: hinein nach Rom. Ewige Exerzitien der Romankünfte. Lang lang lang durch Namen fahren, die man beim Einbiegen aus Augenwinkeln gerade noch erwischt: Via Regina Margherita (auf weißer marmorner Tafel), und ganz eng oder weit, Hallen oder Schläuche werden die Namen je nach den Straßen, die dich aufnehmen.

Unsere Art Wohnen. Wohnen ohne Ablagerung. Benützung von Garten und Haus wie Zelt. Familie-Spielen als Luftleichtgebilde. Abend-Spielen in Fremdlandmiete. Gute Nacht, Kinder! Und im Dunkel der Corriera durch Luftland reiten von oder nach Rom. Und das Häuschen war kalt, als wir einzogen.
Der Kamin. Holz suchen, Holz sägen, zerkleinern im Keller, ganze Lattenzäune, Drahtgeflecht-verwickelte Pfosten, die Axt wird stumpf. Holz einkaufen gehn und die große Flasche für den täglichen Wein nicht vergessen und den qualmenden Rachen des Kamins füttern. Rauchdasein, bis die nassen Mauern trocken würden oder die Regenzeit ein Ende hätte. Dann wird auf einmal ein grünes Rad in der Laube lehnen, fremd funkeln in einem neuen Tageslicht, ein Rad in unserem Garten. Die Kinder kommen mit der Neuigkeit gelaufen, ein Gärtner harke in der schweren Erde. Pep-

pino, seit Tagesgrauen in unserer regenschweren Mieterde. Der Besitzer in Rom hat ihn herbefohlen, noch während wir schliefen.

Die Abende! Die Kinder schlafen oben, die Bäume schneiden sich schwarz vor der kalten Helligkeit des Himmels. Der Garten voll Getier, ab und zu Gebell von der Setterhündin, der windelweich jaulenden, jagenden Spielhündin Laika drüben im Haus der Nachbarn, die Nacht verschluckt es. Vom Balkon spähen wir nach dem Leuchtturm, finden ihn: scharfes Aufglühpünktchen dreimal hintereinander mit Pause und wieder dreimal, da wo die Campagna ausläuft, verwässert. Nach Sonnenuntergang haben wir oft den aufregend anderen Streifen erkannt – Meer. Sonnenuntergang. Zeremoniell auf Opernbalkon. Spannende Pracht: wenn die Scheibe riesengroß durch das Reisig der Pinien brannte, ihre Glutmasse wälzte, daß man es knistern hörte, und sich, Halbscheibe, Viertelscheibe, schmales Segment, rot entzog. Und kühl das Nachlicht. Die Sterne, und da unten: zitterndglitzerndes Geschmeide: Rom. Heidenstein. Falle, ausgelegt. Rom.

Ein Flugzeug, die Positionslichter, Stille. Läden schließen. Vielleicht noch zur Bar hinunter an der

Haltestelle BIVIO. Television, Gelächter, Wagen, Abendanzüge unter Laub mit Lampenäpfeln, zukkende Lichterschrift. Meine Bestellung läßt die Kassenfrau wie ein Schemen aus lärmendschwarzer Höhle auftauchen, dann schlägt das Gekröse wieder über ihr in dem Dunkelloch zusammen, wo der kleine Bildschirm herrscht. Beim Heimgehen brausen Wagen daher, sicher Richtung ›Al Fico‹, wohin sie das ›pollo alla diavola‹ essen fahren.

Vater auf der rauchigen Photographie, Vater im runden Kragen und saloppIangen Sakko, Vater unter herrlichem Hut mit der trostlos geschwungenen Krempe. Fremder du, aufgenommen im Park jener Stadt, die durch dich meine Vaterstadt wurde. Im Park du mit Denkmal, Grotten, Wegen und Ententeich. Sonntagnachmittag, als du, Student, Emigrant, mit den Freunden deiner alten Heimat spaziertest, Enten fütternd Belustigung findest und sie teilst mit den andern unter fast ebenso trostloser Krempe, teilst in Worten eures andern Idioms, die zwitschernd leicht liefen unter unberührten Bäumen. In den Worten eurer anderen Sprache euch bewegend also unter Bäumen und

Grotten jenes Parks, der für dich Sonntagsspazieranlage war in einer fremden Stadt fremden Landes und nichts weiter, gewitternder Hintergrund euch in dem Bild des Parkphotographen, während ich, da geboren, sie mitbekommen habe, glanzlos, ein Erbteil, familiär umgangsvertraut, ein mundartlich Ding und werktägliche Passage ohne den Puder des Unbegreiflichen; sie gewöhnlich erkenne auf dem Bild, wo du dich umschaust, wie ein Versprengter schaut, mit dem Fremdauge durch den Rauch deiner Zigarette aus der Anlage schaust, wo ich hingehöre: vaterstädtisch durch dich: Ankömmling, Vater du! hör zu aus meiner Fremde:
Wenn ich mit Dirighini zum Essen gehe, Dirighini mit Gulotti spricht, über Kunst womöglich ununterbrochen, derweil ununterbrochen, von weißen Kellnern gereicht, Polypen, Salate, Lasagne, Lammbraten, Verdura, Käse, Kaffee und Likör gekostet, verzehrt und genossen wird, wenn ich also esse, höre, schaue, und schließlich nähert sich jenem Ecktisch dort, Tisch unter baumelndem Fiasco-Wald an der Decke, wo die schwengelnden dürren Amerikaner sitzen, ein Gitarrenmensch, der allerlei für sie intoniert, weil er sie schon zu kennen scheint und je nachdem, was er spielt, die Ameri-

kanerin geltungsgeil und hart mitsingt – ha, da gibt es träumerische Teiche von abgegriffener Rührung, stinkig schon das schöne Abwasser, für mich aber Unschuld, die reine Unschuld, Taufwasser dies, schau: da knie ich mich selig hin, da steige ich hinein, tauche – und Dirighini und Gulotti essen und reden – über Kunst, »sprecht ihr immer über Kunst?« frage ich höflich, »ja«, sagen sie. Da platzt mir der Rock. Und der Teich der Rührung dort in der Ecke, aus abgegriffener, ausverkaufter Melodie, die der Kerl doch wieder verkauft, die die Frau doch wieder kauft und mit längst nicht mehr möglicher Erstheit färben möchte: Mensch, Vater, da muß ich doch aufspringen, den Tisch umwerfen, den Kellner ohrfeigen, die Lampe mit der Gitarre bewerfen, zuerst höflich, dann gröblich rausgeschmissen, dann abgeführt werden, wieder herauskommen anderen Tags, da ja doch weiter nichts passiert ist und ich Stipendiat und Journalist und Ausländer bin und Dirighini den Schaden selbstverständlich bezahlt hat, ganz beiläufig bloß, um nicht gestört zu werden im Gespräch über Kunst und Geschäft.

Aber das mußte ich doch, da ich mich schämte, daß weder die Frau noch ich, noch der Gitarrenmensch gerührt werden konnten, obwohl wir es wollten und ich mich schämte, weil ich so gerne gerührt, so gerne gerührt worden wäre, die Frau es aber vorgab, obwohl sie's nicht war.

Vater, gewitterrollendes Kostümbild du, Vater in einem dir gleichgültigen Park, der meiner Kindheit gehört, Tor du mit der ungewissen Story, rührender, schau: ich habe Tränen. Aber nichts, worum ich sie vergießen könnte. Schau, ich habe den Bauch voll Lachen, aber keinen Anlaß. Denn ratenweise vergeuden mag ich es nicht. Schau, Gulotti und eh und je die Leute, die brauchen das nicht, die bleiben, wie die Eisenbahn, immer auf Schienen … essen, sprechen über Kunst. Ich aber will mich endlich auslachen können, will die Omnibusse umlachen und jenem vorüberfahrenden Minister den Hut einschlagen vor Lachen und hundertmal ganz schnell im Lift rauf und runter sausen und alle Rosen raufen. Dann werde ich mich hinlegen und schlafen.

Auf Urlaub und Stipendiat sein? Nein. Im Institut Pensionär sein? Nein. An Instituts Tafel sitzen … Man sitzt wohlerzogen und unterhält sich höflich

ordentlich mehrsprachig. Gesprächsthemen von allgemeinem Interesse werden durch persönliche Berichte aufgelockert. Gerne im Tone weltmännischer Beiläufigkeit. Das Übrige an Auge und Ohr folgt gierig den artig wechselnden Tellern und Schüsseln. Pina reicht sie.
Pina, watschlige Köchin aus hügeliger Provinz. Pina, die unendlich schnell reden kann, Pina, dauernd frenetisch aufgezogen, mit den Kanarienvögeln zwitschernd oder in Empörung brüllend; jedenfalls gehört ihr Gackern zum Flur mit den Zimmern. Ist sie einmal still, dann demonstrativ totenbleich: beleidigt. Sonst immer im Geschrei mit Partnern diesseits und jenseits des Küchenfensters, oft im Streit mit der Bettenmacherin, der religiös und zivil überlegenen Zugehfrau mit der aufreizend verzeihenden Leisestimme, der Rivalin. Auch sie mittleren Alters, Matrone, doch in der Direktorswohnung zu Intimarbeit zugelassen.
Pina, würdevoll in sich verschlossen, nimmt Teller, reicht Schüsseln, nicht zart, vielmehr sehr leiblich die Tafel überwogend. Sie schielt vor lauter würdigem Verhalten, sie kommt nicht zum Zug. Und wartet auf ein Signal, um die brachliegenden Stimmkräfte endlich freilassen zu können.

Man gibt also Signal: »Oh, herrlich, diese Pasta!« (Dorette, Garçonne, legt Wert auf die Tatsache französischer Abkunft, obwohl aus kleinem Ort der Suisse romande, allerdings Kurort von Welt; Dorette, unkompliziertes Verhalten zur Männerwelt; möchte gerne erscheinen als das ungebändigte Kind mit dem Freipaß, das sie vielleicht im Männerhaushalt daheim sein darf; Dorette, Autofahrerin, italienischer Sportwagenfreund, erscheint unterm Fenster mit Spezialhupenlärm; Dorette, häufig auswärts inmitten einer Clique, die sie uns vorenthält: »les amis parisiens«, sonst aber augenfällige Vertraute unseres Tischkollegen, des hochgebildeten, feinsinnigen John, der sowohl französisch wie italienisch prüdleise und krankhaft schnell zu lispeln versteht, als hätte er dauernd Angst, ein annähernd normales Sprachgefälle könnte ihn zum Sprachanfänger stempeln.) Dorette, wenn also nicht gerade durch Johns gedämpftes und nur an sie gerichtetes, sie beide auf einen kleinen Raum mit Aufschrift ›Zugang verboten, Privatbesitz!‹ beschränkendes Zweiergespräch der Tafellänge entzogen, gibt das Stichwort. So daß Pina sich aus ihrem selbstauferlegten Würdeschweigen entlassen sieht und klagend, schmetternd, lauernd, triumphierend sich ausläßt über die Güte ihrer eingekauften Ware, die nur ihr bekannten Bezugsquellen, halb so billig und ebenso gut, wie könnte sie sonst, bei den bescheidenen Spenden der Stipendiaten, an solche Tafelfreuden, mit Fleisch und Käse und Frucht und Kaffee, kurz: allem, was zugehört, überhaupt denken. Sie kann ja nicht zaubern ... und wenn man sieht, wie andere ... die Bettenmacherin ... Unentwirrbares Glissando, das schon gar nicht mehr an ein Verständnis appelliert, nur noch ans Ohr.

Wenn sie ausgeht, Sonntag oder an bestimmten Abenden, geschminkt, korsettiert, sieht sie lasterhaft aus. Oft gehe ich zu ihr in die Küche, das italienische Phänomen des Kanarienvogelkäfigs zu studieren. Man denke: Vogelbauer, vor das Fenster ins Freie an die Hausmauer geklebt.

Wielands lüstern glitzernde intellektuelle Neugierde, mit der er jeglichen sichtbaren oder hörbaren Gegenstand anspringt. Lüsterne Objekt-Neugierde. Dann wieder sein Glotzen, wenn er sich im Darlegen des gar nicht ihm gehörenden, bloß erschnappten Themas versteift. Aufgegriffen, losgelegt, jeder hört, und keiner macht es ihm streitig. Ein Lächeln, selig über gelungene Annexion und seherisch die vergönnte Strecke Referats abweidend, geistert über sein altes Kindergesicht. Die Augen, abwendige Schalen, sperren den Gegenstand ein und alle Einwände aus. Er hat ihn, er sitzt darauf. Er sitzt, wenn er glotzt, auf der Beute, die er erst gemütlich antippt, bevor er sich ans Ausweiden macht und alles aufzeigen wird bis in die feinsten Gewebe.

(Seine Figur vor Architektur, seine Figur in politischen Versammlungen, in Reiseabenteuern des Orients! Seine Figur im Geburtensaal von Armutsspitälern und in Schulbaracken unterentwickelter Länder!) Oberhaupt glatzköpfig wie St. Paul, Stupsnase, Rosenmund. »Naseweisheit!« muß jedem unweigerlich einfallen, der ihm zusieht, wie er geschäftsmäßig exponiert. Ein Klugredner und Allround-Wisser, das Quäken immertreuen Stimmbruchs vergißt man, wenn er hobelt, raspelt und Gleitbahn schnarrt, daß die Späne fliegen. Und es funkelt das wunderwürdig geschliffene Instrument in der Stille.

Wielands alias St. Pauls Kopf ohne Körper über der Tafellänge unseres Abendmahls. In seinem Mund und Hirn kursiert alles, die ganze Welt, säuberlich mit Daten getarnt und gepanzert. Er ist ein

großer Bahnhof, da fahren die peinlich belegten Gerüchte, rangieren, fahren ein, fahren aus, in reibungslosem Verkehr.
Bei uns Tischgenossen, wenn wir reden: wohlerzogen, schnippisch, distinguiert: alles ist handelbar, alles ist Währung zu feststehendem Kurs. Und sie wissen nichts vom Gewicht.

Abends, Zimmer der Clivia, wo ich trotz Naserümpfen ihrerseits, trotz Nasejungfer also, hoch, schmal, sommersprossig, hingehe; obwohl Jorinde, seidenpapierene ... Fleckige Gipswände. Gewaschene Kindermöbel, Schrank mit Erlebnistrophäen bekleckert. Blumen aus Rom. Aber eine Lampe, die brennt, aber eine Flasche für Gäste. Illumination eines Unterschlupfs, traulich, während draußen die Glitzernacht anhebt. Jorinde im Lampenschein, Jorinde im traulichen Vorzubettgehraum. Und ich gehe hin, ich lasse mir die Vorstellung nicht entgehen, die Wohnlichkeitsnummer in zwei Bildern (mit Lampenlichtbrief an die Lieben und Höschenwaschen), denn ich wohne nicht.
Nachts klappt das Dunkel die Deckel zu, da hilft mir kein Lampenschein, und Schwarz ist keine

Farbe. Da fehlen alle Gewißheiten, die eine Kammer errichten könnten zu guter Ruh. Die Türen zu, die Läden zu. Kram ein die Wäsche, ordne und häusle du. Ich aber möchte die große Offenheit zelebrieren, da fehlen doch alle Fächer, da ist kein Verschlag, um die Dinge zu stapeln. Da fliegen gar die Vögel aus dem Buch. Da hackt der Wecker. Da ist Grottaferrata weitab oder nicht, ist nichts, was liebe gute ruhige Nacht gratulierte, nur Entgeisterung, ohne Grund, ohne Fächer. Herin ist heraus. Da will ich mir meine Wohnlichkeitsnummer holen.
Und wenn nun noch Wieland mit gut oder mittelgut gebügelter Hose dasitzt im Lampenscheinreich, während draußen die Wärme aus Stein und Ritzen steigt und in den Neonglimmer gerät, die beiden haben sicherlich ein augenzwinkerndes Lästerstündchen zusammen gehabt, und ich klopfe da an und dringe ein: sauertöpfisch die mich empfangenden Gefühle, sei's! Ich muß meine Wohnlichkeitsvorstellung haben. Bin eben meiner, bin jeglicher Welt entfallen.
Eure Ruh und meine Unruh. Und was wunder, daß ihr nun triumphiert? Ihr lehnt euch zurück in den Stühlen. Beobachtet einen Taghüpfer in

der Lampenlichtfalle. Gut. Ich werde euch von der Ungewißheit dozieren.

Von der Ungewißheit also jeglichen Dings und selbst bezüglich des Tintenfasses, des Tintenfasses hier auf dem Tisch, Zimmer der Clivia, nachts. Möcht ich mich halten ans Tintenfaß, will ich's erlangen, lang ich auf Tisch und daneben. Komm ich nicht an.

Will ich es stellen, heut abend und jetzt, erreichen das Tintenfaß, Behälter und Hexerding, irgendfarbig im Eben-jetzt-Zimmer, das wir Clivias nennen, und heiße es Tintenfaß: husch, bleibt es weg. Sage ich »Faß her oder Faß hier!«, kommt höchstens das Wort her, stellt sich ins Wortfach im Wortgemach. Kommt bestimmt nicht das Faß an den Platz. Hat sich das Faß in das Wort verkrochen und aufgelöst, bleibt Clivias Zimmer ein Name in einem Haus und Gebäude, das nur Worte mimen, das gar nicht ist. Sind die Dinge den Worten entschlüpft, führen ein Stilleben außerhalb, leben für sich und für sich die abgestandenen Worte fort.

Da ist ein Zimmer, das wir Clivias nennen, und lebt für sich; mit den Möbeln, dem Tisch und Clivias Dingen und dem Faß auf dem Tisch. Und da bin ich in drehenden Wolken und segle und falle aus und gleite dahin, durch Dunkelheit und wieder Lichtung, wandere, wandere ab, bin, bin nicht da, bin, bin wo? Und nun in dem Zimmer. Meine Schatten und Lichtungen wandern über Dinge und Wände und streifen dunkel und fassen in Licht, lassen los, lassen fallen, wandern und streifen. Und gehen längst mit den Dingen um, führen sie im Zimmer um und darüber hinaus, führen sie mit in den Segelräumen, wo? wo in der Zeit? haben den Lampenschein mitgenommen und das Faß. Da falle ich ab aus der Segelbewegung – erkenne ein Zimmer in meinem Licht und darin das Faß. Stillstand. Licht- und Schattenverteilung, nicht nur vom Lampenschein, auch von meinem Himmel gestiftet. Nun ist das Zimmer ein Ausschnitt bloß. Darin kriecht es, bewegt sich's und lauert das Faß. Aber wo sind wir jetzt? In Clivias Zimmer im Haus an der Straße in Rom? Ohne Hausort kein Zimmer, ohne Zimmer kein Tischplatz, ohne Tisch keine Tintenfaßstelle und ohne diese kein Faß. Das Faß, wo? wie ist es? In meiner Landschaft aus Schatten und Lichtern? Wo in der Welt?

Will ich es zum Nabel machen, daß es ankomme an der Stelle, wo wir jetzt uns befinden, das Faß, dann müßte ich zaubern. Auf Clivias Zimmer ist da kein Verlaß. Da brauche ich Worte, die uns jetzt betreffen. Muß mich schnellen aufs Faß. Die sekundenlang sichere Taste finden und drücken und mich hinschnellen über das Faß. Aus dem Hinterhalt auf den Fleck meines Fasses, unsern Zusammenfall. Ein Überfall auf mich müßte es sein, uns zu erfinden. Mit Worten erschnellen. Aber mit anderen Worten.
Figuren streichholzartig aus dem Dunkel anreißen, blitzenlassen – Ihr hört längst nicht mehr zu.

Schwarzmatt die Stunde. Da muß ich entwischen, die unbewohnten Mietshaustreppen hinunter und durch diese Schranktür, durch die das Stipendiaten-Logierhaus verschämt auf die Gasse entläßt. Raus durch dies Mauerloch. Kübel, parkende Wagen, Laterne, in der der Spiegel der Straße sich sonnt. Durch das Mauerloch und draußen die Nachtrolle anlegen. Warme Glitzernacht, Teppich des Asphalts, das Atemanhalten der Mauern im Schatten und grün, ahnungsreich grün: Bäume zu Häupten.

Federndes Stampfen aus Nightclubs. Vorn hält der Kiosk die Fackel entfacht. Unter den Bäumen die Posten der Hürchen: nun Frauen der Nacht. Manchmal löst sich eine aus schwer hockendem Dunkel, macht ein paar Schritte. Emporwinden von Frau aus fallendem Mantel der Nacht, Reflex auf spannendem Satin, Aufleuchten von Lippen, Auge, Zigarettenaug. Schwenkung, glimmernde Seide schraubt sich zurück in das Dunkel des Baums. In den dunklen Waldrand der Straße eintreten, anschauen, suchen gehn. Gespaltene Seide funkelt am Stamm, verirrte Welle Licht fließt über Haar, ein Arm, verwirft Zigarette, Funken am Boden. Stämme, Frau zwischen Stämmen, Frauen, Wartende. Kreisen, suchen im Wald. In Bannkreis treten. Stimme. Guten Abend. Ins Licht hinaustreten seht ihr sie sodann. Sie gehen nebeneinander her. Im Innern der Taxe, im Zündholzlicht beim Feuerreichen werden sie momentelang nochmals sichtbar, zwei Fahrgäste, bevor der Wagen sie euren Augen entführt.

Im Stipendiatenzimmer spät treibt er Sprachzuflucht, leiert: »Der Regen läßt hemmungslos Wasser. Er bringt die Pfennige ins Werk. Hufe ent-

korken den Boden. Sumpfblüten bleiben auf Stengeln aus gurgelndem Laut.« Murmeln: Regen läßt Wasser, Hufe entkorken. Bleiche Turner klettern durch die Nacht. Alle Kleider passen nicht, alle Rollen bergen nicht. Rettungslos draußen.
Im Schrankfach stehen zwei goldene Vögel. Goldblechschuppig das Gefieder. Leben die? Goldfalken im Schrankfach.
Marschieren Echsen und hundgroße Elefanten durch das Zimmer, dick runzelhäutig alle, und der Zug will nicht enden. Er will packen einen Elefanten. Der stößt ihn mit dem Zahn. Er will greifen nach dem Zahn und dem Rüssel, das Maul aufsperren dem Tier. Er zerrt ihn zum Fenster, möchte ihn loswerden. Bevölkern alle ungemütlich sein Gemach.
In einem seiner abgestellten Schuhe entdeckt er eine fleischige Sohle. Sein Fuß? Schmerzt gar nicht. Sein Fuß ist ganz. Wem gehört die blutigbloße quallende Sohle in seinem Schuh?

Anderntags könnt ihr ihn ausrufen hören: »O die Erstausgaben meiner Gefühle sind vergriffen.« Nun schlittern sie durchs Wesen, daß es grell und falsch tönt. Die bleibt ihm nun, diese Tonleiter.

Das hat er nun drin, das Xylophon. Mit dem muß er weiter, der Musikant. Oft sieht er eine schmerzbewegte Decke zucken vor sich in der Luft oder ein Lachen sich auskullern an einer Hauswand. Dann war's schon zu spät. Ein Omnibus war darübergefahren.

Zu spät daran mit Schmerz, zu spät mit dem Lachen.

Wenn er ausgeht, stecken ihm die Straßen tausend Dinge zu. Aus Ritzen der Mauern Dinge zu. Und er steckt sein Lachen und Weinen zurück in die Ritzen. Er trägt es ja mit sich, eingesteckt mitten im Brustfleisch, in Täschchen der Brust: ein Lachen, bereit, sich auszukugeln, einen Schmerz, bereit, sich auszuschütten, in Brustbeuteln zweierlei: Pfeffer und Salz – »Bitte, meine Gänge zu würzen.« Das streut er über Gedecke und Tische, seinen ungefragten Beitrag. Wenn er ausgeht, halten sich seine Gehpferde bereit. Er weiß: besteigen ist unstatthaft. Trotzdem hört eines auf den Namen Pfeffer- und Salz-Pferd.

Er liebt vereinfachte Situationen. So die Straßenunterführungen, wo die Leute sittsam in Kolonnen gehn. Den gerippten Boden solcher Fußgängerpassagen, das Aufgeräumte, inwendig leuchtend

Saubere solcher Katakomben, das sich in Schaufensterchen blitzend wiederholt und, wie gesagt, die sittsam gehenden, leicht überschaubaren Menschentrupps, bevor sie wieder ans Tageslicht steigen. Und die Verschließbarkeit der Unterführung. Nach Mitternacht Gitter geschoben, und Straßenbeamte spritzen die Gänge aus.
Er liebt: das Wählen auf der Drehscheibe der Telephonapparate. Angesichts der Ummauerung drehen auf der Scheibe: wählen, wählen.

Ja, ich war in der Stadt, und die Schauplätze, die Plätze hatten mich. Die ließen flügelschlagend sich nieder, fächerten, spritzten ihre Essenzen aus über mir, legten mir ein ihre Schatten, gossen Leiern, Lachen, Hallen aus über mir und ihre Stille, die warfen ihre Lassos um mich, die führten mich umschlungen in immer andere Umschlingung. In ihr Tagwesen, ihr Nachtwesen, ihre Schlupfwinkel, ihre Demutwinkel. Ihre Trunkenheit. Schütteten den Tollwein, spritzten Rauschgift. Bevölkerten, bevölkern meinen Kopf. Und ging da drin und hielt es nicht, hielt es nicht aus, weil ich es nicht unterbringen konnte. Ging leer im Vollen. Immer leer aus. Mittendarin und leer, weil die Fas-

sung versagt. Unter dem Regen, in der Sintflut gehn und dürsten nach einem Tropfen.
So wenn ich abends zu Mentor lief, am Palazzo Farnese vorbei, die Via Giulia unter geschnittenen Jochen durchlief und hinten, wo der Tiber sich mit Ufertreppen nähert, durch die Tortür schlüpfte (im Hof vor der Türschwelle die weiße Katze, mußt drübersteigen), die Treppen hinaufrannte, am Messingschild LUNA vorbei im dritten Stockwerk, und Mentor kommt an die Tür, blinzelnd von Emportauchen aus Arbeit, die Gegenwart darf er mißachten, weil er selber andere schafft, und ich, frisch von Nichtbeginn, Opfer und süchtig, Verfallener dieser Stadt, stehe leer vor ihm.

Es gibt die Plätze, die Plätze nur, die Schauplätze und Tagundnachtplätze, die kleinen Lebensplätze für Bewußtseinsminuten. Du befindest dich auf so einem Platz, vielleicht ist es auf einem Platz mit Namen wie Piazza del Popolo oder Piazza Navona oder kleiner, nur fußgroß vielleicht, und da sticht die Flamme Bewußtsein empor und leuchtet das Leben aus auf eben diesem Platz oder Plätzchen, das Leben des Platzes und dein Leben da auf dem Platze, und schon sind beide verfesselt, sind zwei Bewußtseinssträflinge, handschellengeeint, und der eine steht für den andern. Das sind so Minutenplätzchen, da lebt man auf, lebt minutenlang im Licht, und die Säule der Lebenslust steigt. Dann klappt die Altväteruhr den Klappdeckel zu, klappt zu, dunkel wird's. Findest dich vielleicht auf einem anderen Lebensminutenplätzchen, weit abgetrieben, wieder, läßt dich hochpreschen, bis es aus ist. Aber von da nach da gibt es weder Steg noch Sinn. Lebenspflästerchen, Platzinselchen im Schwarzen, das keine Farbe ist, nur Abgrund. Aber man möchte doch Lebensherr spielen auf eignem Grund. Nicht zu machen: Tausendsassa auf Tausendplätzen, erwachend, erlöschend. Klappdeckel. Bewußtseinslinse, auf, zu. Jedes Aufleben: Sache für sich. Nächstes wieder auf fern versprengtem, weitabgetriebenem Inselchen im Ozean schwarz. Für jedes Inselchen Leben richtest du dich ein.

Grottaferrata ist weit ab und nur auf der Karte mit dem Zeigefinger zu beziehen.

In Erinnerung habe ich einen schönen Empfehlungsbrief in der Tasche des endenden Inhalts: »und bitten Sie, unserem Mitarbeiter in erwähnter Eigenschaft alle Erleichterungen angedeihen zu lassen, die ihm in der Ausübung seiner Tätigkeit von Nutzen und in der Verbringung seines römischen Aufenthalts von Schönheit sein können. Gezeichnet den ...« Was zögere ich noch? Da ist mein Geleise. Da ist ein Ziel. Eingestiegen und losgefahren also!

Als Journalist

Runter zur Via della Mercede und hinein durch diesen Marmoreingang mit Aufschrift »Associazione delle Stampa Estera«. Gott! was für ein Unterstand! Die tagdämmrig braune Empfangsbude, hölzern, Mahagoni, Fächer, Tische, Schreibmaschinen knattern, Fernschreiber tucken und spukken, da zwängen sich Journalisten in die Telephonkabinen, da wird gesessen, verwiesen, zirkuliert; in die Lesezimmer abgeschlichen und in Klubsessel fallengelassen, zu den Postfächern gepilgert, zusammengestanden und diskutiert. Da darf ich hinein, als Halbmitglied mit Aussicht auf Vollaufnahme hinein: zumindest, um Herrn Zweringer zu treffen. Der ist mehr als akkreditiert, ist stockbrav und angesehen, der kommt hervor aus seinem Tischeck im vollgepferchten oder pausierenden Journalistenzimmer, hosenträgerzünftig und hemdsärmelig, die Lefzen auf Vorschuß runterwärts gezogen, während die Äuglein gar nicht bös blicken; geleitet mich über die schön schleifende Innentreppe hinunter in den Klubsaal mit eigener Bar, mit Sesseln, Piano, Schachtischchen, mit eingehaltenen oder offensichtlich stockenden, der Vervollständigung harrenden Rendezvous. Da gibt es nämlich Korrespondenten von großformatigen Klatsch- und Gesellschaftsgazetten, die Damen, in welchen Filmsternchen gewittert werden könnten, hierher bestellen. Die warten dann mit eng aneinandergepreßten Knien des weltmächtigen Herrn, warten rechts oder links außen auf Klubkanapees und dekorieren. Da sitzt man übrigens tief und bequem und herrlich ausgespart und komfortabel insularisch und aseptisch kühl aufgehoben inmitten von Rom. Und Berufskollegen setzen sich zu uns, und Gronchi und Italiens politische Sache oder sein gegenwärtiges Sächelchen werden mal wieder verhandelt aus der Allwisserperspektive leidiger Kulissenschiebervertrautheit und also höchst unehrerbietig. Etwa vom Standpunkt eines »Ein Kreuz ist der Mann für meinen Magen oder meine Senkfüße«. Im Kreise dieser Weltstadtsiedler auf Abruf, die mit ihren handlichen Passepartouts zu Einmengungen angehalten sind, sich von Berufs wegen eindrängen, einmischen, wo sie nur können, und die geschwellte Brust fährt vor ihnen her, ein breschenschlagendes Schild ohnegleichen, und läßt den Aufgeblasenen unverzüglich folgen: Zuträger, arme, Troß und Marketender aller Weltkampagnen, immer Gefolgsleute, immer aufgeregt von Winden und lahmgelegt von Windstillen, die nicht die ihren, meist sehr fern sind und doch ihre Segel blähen müssen: für sie ist das alles eine Sauplage. Und ich sitze in ihrem Kreise, sitze dabei bei solchen Klublagerfeuern, trinke die Gläschen, und die Funken stieben an meinem Gesicht entlang – behaglich. O Zweringer, Ikone aus Mundwinkeln und Hosenträgern, sorgfältiger Selbsternährer und unzufriedener Schnupfenvermeider und Bankbüchleinheld: mein Führer und Cicerone du: dein Beispiel sei mir heilig! Daß ich dich finden durfte, daß du mir schenktest den Frieden des Zielstrebigen ohne Zeit, die Scheuklap-

pen der Eingleisigkeit: daß du mir reichtest die hilfreiche, wegweisende Hand!
Alsogleich sei begonnen, es wartet die Leserschaft, und Aktualität läßt nicht mit sich spaßen. Unverzüglich sei vermeldet:

»Man hat den Laokoon seziert. Victor Mature spazierte die Via Veneto einmal rauf, einmal runter. Im Postamt von San Silvestro erregten weithergereiste Gäste mehr als Aufsehen.
Den Anlaß zur Restaurierung mögen die Funde in Sperlonga abgegeben haben. Ein eher klein gewachsener schwarzhäutiger Mann mit langem Haupthaar und Bart, europäisch gekleidet, doch barfüßig, mit blonder Frau, unterhandelte am Schalter. Es war ein kühler regnerischer Tag. Die blonde Frau im Rollpullover hielt ein splitternacktes braunes Kind im Arm, das munter herumturnte. Bei Mature, der der Leinwand entsprungen und leibhaftig und also ohne Motiv die Straße rauf und runter lief, soll es sich um einen Propagandatrick handeln. Reporter waren allzuschnell zur Stelle, als er sich in einer Droschke verkehrsverhindernd öffentlich ans Rasieren machte.
Auf der Rückseite des restaurierten Laokoon aber,

der jahrhundertelang aufreizend und ungestört an der Schlange zu sterben verstand, ist nun als Trophäe des gelungenen Eingriffs der ausrangierte falsche: der Blind-Arm angebracht worden, und eben erschienenen Presseberichten zufolge handelt es sich bei dem rätselhaften Vorkommnis im Postamt von San Silvestro um das Ehepaar Hakim und Kunu von den Bermuda-Inseln. Sie forderten das Einschreiten der Polizei heraus, als sie an der berühmten Fontana di Trevi statt der üblichen Münze ihr acht Monate altes Kind Oonie in den Brunnen werfen wollten. In dieser Stadt ist alles möglich.
Effektiv hat sich eine eigenartige Scheidung vollzogen in dieser Stadt. Wenn sie mit den vielen Formationen, die der Geschichtsfluß hier aufwarf, auch steinern und lesebildlich dem Leben entragt, so bleibt das tägliche Leben darin doch gänzlich geschichtslos. Bunt, unbekümmert, händlerisch leicht. Ist das ein Zusammenleben, frage ich, dieses händlerische Improvisieren und snobistische Profitieren einerseits und das steinern überlebend widerhallende Monument? Hat das ein Entsprechen: der alles verhandelnde, menschelnde Geist? und das tolle Steintheater darüber? Wird das eine

vielleicht vom andern wahrgenommen, bewohnt? Nie und nimmer. Das lebt aneinander vorbei. Da ist unbewohnte, vielfach geschichtsrichtige Architektur in Agglomeration auf der einen Seite und Wohnungsnot im Kleinleben der Leute, die nur schöne Kleider ihr eigen nennen, auf der andern. Den Widerspruch kann nur die metaphysische Malerei brückenschlagend vermählen, und hier liegt Italiens echte einzige Chance. Man muß sich also entweder für die Architektur entscheiden oder für die Leute, wenn man dieser Stadt zu Leibe rükken will. Und hier scheiden sich die Geister in Steinfreunde und Menschenfreunde. Als Steinfreund muß ich melden:
Hier hat die Geschichte Stein angelegt, Stein abgelegt. Heidnischen Stein, christlichen Stein, anderen Stein. Heidnischen Marmor. In ungleichen Brocken liegt er herum, gibt mächtige oder zarte Grund- und Aufrißvorstellungen. Raumvorstellungen von Tempeln, Basiliken, Geschäften und Foren. Gras wächst darin und darum. Zypressen rieseln dagegen, und greifbar blau für die Postkarte bis hinunter in die Lücken steht der Himmel gegossen. Und Katzen gehören dazu. Und das Fürchten kann lernen, wer die mit Stummeln und

Lücken lächelnden, säuberlich gepflegten, von Automobilen in großen Bogen umbrausten Steintrümmerfelder inmitten der Stadt festwurzelnd betrachtet und dabei den Droschkengaul entdeckt. Er erschrickt, daß die Beine des Trabenden in lauter Stein splittern könnten. Da passen doch eher die Katzen dazu.

Hier geht der Stein nicht aus. Vierhundert Kirchen zumindest, ganz zu schweigen von Mauern und Toren und Häusern. Fassade verschämt und Fassade triumphierend und Fassade heiter gelassen. Fassade macht Kreuz und macht Giebel und rückt hoch über Treppen und zurück hinter Ehrenhof. Und Mauer beredend, Mauer in Zipfeln und Wellen sich werfend und in Ornamenten trillernd. Und Mauer bröcklig. Und immer Hort der Katzen. Und der Stein ist warm, er strahlt bei Tag und döst lichtdräuend bei Nacht. Und das Licht geht nie aus. Und das macht, daß da ewig Tag ist.

Ich will nicht reden von Kirchen. Sind Ungetüme und Buckelgetier. Nasturm. Nastürmer. Ich will reden vom Stein.

Geschichten in Stein laufen unausschaubar nebenher. Steinwort, Steinschritt. Schweigen in Stein. Steingewicht lebensgeduldig. Man kommt nie her-

ein in die Stadt, man kommt heran an den Stein. Stein, an den wir uns also halten.
Im Stein liegt der Babuino in der Straße gleichen Namens. Männliche Venus, dickleibig, stupsnasig und lebensweis. Entstiegen dem Volkswitz und hingelegt in Stein. Mit den Fingern in die Tropfsteinlöcher zu stupsen, hätte niemand Finger genug. All die Löcher, die Poren, die Narben! Abwandern die Erde der Erhebungen, Buckel und Rauheiten, der Speckglätten, Trockenklimaten, der Grotten, Korallen, der Verweiherung, der Rutschbahnen, Blattern. Grottenmann liegt in der Straße, namengebender, Steinschwamm du. Unter braunem heißem Schatten der Kirche, wie anderswo doppeltschwerer weißer Stein am bäumenden Manne unter ewig klatschendem Wasserapplaus steht. Und wie geduldig. Das dürre Ding Zigarette da eindrücken in eine Pore Stein will ich, mit Inbrunst und ›Sesam öffne dich‹, nimm ein die Straße, diese Stadt und Welt, die ich nie fasse, laß einfließen, nimm ein, Stein, wachsender, wissender Stein, nimm zurück. Bring unter für mich, du nicht Bewegbarer.«

Wenn ich, in Zweringers zweiheiligem Namen, schreibend Bericht erstatte und Berichterstattung in Aussicht nehmend laufe auf Ämter, in Museen, zu Ereignissen und zurück in den Unterstand unseres Klubs, dann gibt es Wege in Rom, fadenscheinige Stege auf großauszuschlagendem Plane, und auch mich zöge der Froschbauch der Aufgeblasenheit, und auch mir schaffte ein mächtiges Brustschild mit der Wichtigkeit des Funktionärs Bahn frei. Dank ihm. Die Rolle im Leben ist ein todsicheres Gefährt. Was immer da kommt, ist ausgefahren, gespurtes Handeln; Gemeinplatz des eigenen Ichs, ist Selbstzitat. Aber ich nenne sie nicht Journalistenrolle für mich. Er nennt sich anders auf solchen Wegen. Er nennt sich

Der Vergesser

Vergesser kommt von Esser. Nur zielstrebig beansprucht, lebt der Mensch, weil ihm Vergessen garantiert, weil er vom Fassen dispensiert ist. Was ihm so unterläuft, was ihn allenfalls bewegt, kann ihm weiter nichts anhaben. Er vergißt, er vergeßt es lustvoll sogleich hinterher.
Der Vergesser ist jedermanns besseres Ich. Ach,

wie er, Stöckchen schwingend, durch die Herrlichkeiten einer Welt spaziert, die ihn nicht belasten wird.
Er kann die Via Ludovisi vorgehn, um vielleicht an der Bar gleichen Namens seinen Kaffee zu trinken – er schaut dann immer, ob die mollige kleine oder die knochige größere Kassiererin im Verschlag sitzt und kann sich immer noch (wenn etwa letzteres der Fall sein sollte) für das Café de Paris an der nahen Via Veneto entschließen, das zu dieser Stunde eine erwähnenswürdige Rücksichtnahme walten läßt, wie eben Nachtlokale tagsüber das tun. Müßigganggefühle hat man berechtigterweise, und die beschweren beileibe nicht. Denn das ist wie im Innern eines Streichinstruments in so einem Café de Paris. Das ist ein Nachtresonanzkörper aus erlesenem Holz, glänzend poliert, aber nicht auffällig, denn das zugehörige Innendämmer macht sich breit in dem langen, langhin sich aalenden Raum. Alle Kellner und Keeper haben noch nichts zu tun und alle Hände für dich. Draußen plustert sich träge als zerschlissener Pilz inmitten von leerstehenden Trottoirtischen und wenigen taggängigen Passanten der Kiosk mit vielfarbiger, vielsprachiger Pornographie und ins selbe

Fach schielenden Zeitschriften, auch Zeitungen, Büchern, der Laufjunge vom Messaggero hat gerade einen Stapel noch schwarzklebriger Abendausgaben gebracht, die Inhaberin läßt ihren Kopf aus dem Pilzinnern zucken. Taxis schlafen um die Ecke, eine kundschaftslose Kutsche schaukelt vorbei und läßt zwei Blätter vom Baum schwer betäubtes Schmetterlingspaar spielen. Mit Schattenintarsien glänzt der Blumenstand rot zum Bücherstand schräg gegenüber, und vor Hoteleingängen mit Namen stehn namenlos pompöse Portiers und werden pfeifen, nach den um die Ecken schlafenden Taxen pfeifen, sobald ein Gast oder Gästepaar sich zum Ausgehen entschließen sollte.
Leicht wie nur ein professioneller Vergesser entsteigst du so geartetem Lokal und durchsteigst den Eingang in Richtung außen. Natürlich ist da doch viel los, zum Beispiel kauern Schuhputzer vor ihren Kästen unter den Bäumen und möchten gerne ihre Überraschungstricks spielen lassen. Läßt dir also die Schuhe putzen, steigst in die verewigungswürdige Denkmalpose mit höher aufgesetztem rechtem Fuß, kannst unter Umständen die Hände dazu in die Seiten stemmen und schaust mit Zeithabermiene in die Luft, während unten die Bür-

sten von der einen in die andere Hand zucken, klatschen, knallen, viele Fläschchen, Dosen, Spritztüten, Lappen, Leder, Wollshawls für den Schuh bemüht werden, der jedoch völlig starr und unbeeindruckt sein Standsoll erfüllt. Und mit blitzesammelnden Schuhspitzen geht es sodann durch die Straßen, die man kennt. Aber nun ist es eitel Vergnügen, leicht, leicht, und die Augen erklettern vogelhurtig alles bis in die höchsten Fenster unter dem Dach. Ach, wie sie im dicksüchtigen Blau in kühn geschnittenen Straßen herumhüpfen, ohne schwerer zu werden, ohne Stockung. Denn hinter jedem Schritt bleiben feste Gräber spielzeugnichtig in Reih und Glied, und der Augenschmaus entschwebt in Gasen des sofortigen Vergessens und kringelt und kräuselt in die Himmelsluft. Vergessen empfängt jedes Gesehene, jedes Gefühl und jeden Gedanken und streut es in Aschenfähnchen über die spielzeugstarren Grabmäuerchen hinter dir, in Aschenfähnchen, so fein gesiebt, daß man meinen möchte, Rauch sei es. Der Vergesser aus Passion steigt unbehindert stöckchenschwingend darüber: unbelastet, mit einem Wort.
So lieb ich mir Spazierengehn und die Stadt. Auch auf den Bus aufspringen und von der Plattform

des Stadtomnibusses (Via Nomentana, ›grand boulevard‹, würde man sagen, die Stämme der Bäume treten höflich immer einer hinter den andern, verschieben und verwirren sich und lassen Cafés und Passanten, hastige und zeitunglesende, auftreten und verschwinden): Was wollt ihr eigentlich, ihr Wagen immer nah hinter mir her? Sind immer da, immer von neuem, Schwärme von blitzenden, glatten, kugeligen Dingern, immer im Fließen, Nasen immer nah an der Plattform: was wollt ihr, Delphine? munter, gierig, aufmerksam, lauernd: Verfolger ihr? Ich füttere euch ja mit meinen Augen. Ein Vergesser vergißt und vergeßt ohn' Unterlaß. Eine Stadt ist ein Vergnügen. Dem Vergesser.

Wer hat gefördert oder überhaupt erst zum Leben erweckt den Vergesser in mir? Wer, wenn nicht Zweringer? Er und kein anderer tat es. Eine Stadt hat Plätze und viele. Aber wer kommt durch das Platzfeuer mühelos? Wer, wenn nicht Zweringer? Ja, Zweringer unbeschadet. Und ich ihm nach, ich der Vergesser in der Soutane des Journalisten, engstirnig eingleisig zielstrebig ohne Zeit. Ich, dank Zweringer.
Ja, gegen die Plätze gibt es die Listen und Finten

und Kniffe. Einer heißt: ins Amt, ins Amt als Vorwand und Hakenschlag. Mißachten müßt ihr eine Stadt, und sie springt auf hintenherum, läßt sich nieder und wächst auf. Eine Stadt wächst mühelos in dem, der ihrer nicht achtet. Wenn ihr sie solchermaßen mißachtet, flugs springt sie auf. Da durchschaukeln dich Kutschen eine helle graue Straße hinunter, da wuchtet mit dröhnendem Schritt Pantheon in dir, und das Brünnlein oder die Wasserburg Brunnen wässert in dir, und Piazza Colonna und der Corso und die Promenadenbäume grauen und grünen in dir, Trams, Omnibusse und Schwärme von Wagen ziehn Straßen, Netze, Kurven in dir, Porta Pinciana lastet und entläßt in Villa Borghese dahinter und in den Himmel.

Offene Stadt voller Treppen, Gänge, Lauben, Hallen, Tore, Wasser tropft überall, schlägt durch, sickert nieder an Graustein. Abend. Menschen keine. Sickern von Wasser durch moosigen Stein. Rauschen Wasser über die freien Straßen und Gänge, kaum steinbedeckend, aber reißend ungehindert: ein Strom durch leerhallende, verwässernde Stadt. Kommt einer daher. Ich bin's mit meinem Sohn. Werden umgerissen von der Strömung, spülen

schon, schlittern über die Pflästerung. Drehen, drehen im Kreise im Immer-schneller-Schlittern, auf Rücken, bald quer zu allem, bald längs, fällt alles schief von oben in die Augen. Sausen die Stadt hinab ohne Angst.
Werden über Schwellen und Treppen gepfeffert. Sehen noch weit oben Wagen einfahren, sehen sie ihrer Fahrt entrissen werden, rutschen, sausen auch sie, herrenlos nun, steuerlos stromüberlassen. Alle Richtungen zersplittern.

Oft tanzen die Köpfe des Kopfsteinpflasters mir entgegen und alles, was sie hüten. Sie rütteln, sie zeigen's mir, halten's hin: den federnd glatten Schritt der Herren, die ich von meinem Fenster beobachte, spät nachts, wenn es noch heiß ist und sie ungewollt die einsamen Patrouillen mimen, verschlagene Glieder einer Patrouille, das schöne Versprengtsein zum Einzelnen. Den federndglatten Schritt der Herren, das Stöckelstaccato der Frauen, Damen, Mädchen und Dämchen; Autoreifen, das rollende Greifen der Pneus in gefugten Boden, verschütteten Wein, sauer verderbendes Gemüseblatt, das Licht der Laterne, den Brand der Sonne, den Wind der vornehmen Straße, die Blätter der

Wahlpropaganda, die Brüller der Lautsprecher, die Zeitung als Bodensatz, den Espresso des über die Straße geschickten Piccolo, das Herumstehn der Sittenpolizei, den Pelz der Spogliarello-Frau, den Vogeldreck und Schleichen, Huschen, Lauern der Katzen.

O Garant Pflaster. O Garant: Nahedransein und nichts begreifen. O Garant Pflaster. Oft tanzen die Köpfe des Kopfsteinpflasters mir vor Augen, schütteln sich, schüttern. Schüttern mit den Tausenden von Deckeln, die sie sind. Ich kann's nicht mehr fassen, das, was sie decken, es kocht mir über, das Herz kocht mir über, kann diese heiße Suppe nie essen, nie in mich schlingen, die Dekkel tanzen, die Deckel. Es sollen Grabdeckel sein. Gräber hüten, halten beisammen. Grabdeckelland in der Stadt. Steingraue Grabdeckel über unendlichem Wabenbau von Gewölben, die alles enthalten. O graues Deckelland, tot, still, hart, weit. Darüber die schwarzen Räder der Wagen fahren, der viele sanfte Druck der weichen festen Räder, das unentwegte stumm entschlossene Darüberrollen mit dem dauernden Druck sanftbestimmter Beschwichtigung, Rad an Rad, während die Karosserien im Tag oben schaukeln, schon in der Luft, die Insassen wiegen, ihr Gelächter, ihr Hinübersehn zu den Tischen der Veneto, den offenen Bartüren, Leuten, Tag darüber, auch Baumlaub im Stein und Kiosk mit Zeitungswald. Aber unter den Wagen: der dauernde Beschwichtigungsdruck auf die gewölbten Steine, noch etwas, noch sind Kolonnen von Gefährten nötig. Niemand sieht es. Niederhalten. Zuhalten. Druck der Räder.

Aber wenn in den Rotten der Wagen, die die Gassen bedrängend füllen, wenn in den Schwärmen und Rottungen nun eine Kutsche kommt, das ächzend andere Gefährt, das über den hohen Achsen in langsamem Takt schwingt unter dem wohligen schwarzen Verdeck, und der Kutscher wiegt gleichmäßig mit, wie einer, der warten kann, Gleichmut kennt, weil es nicht an seiner Hand, nicht in seinem Fuß liegt, sondern am Pferd, das ich nun plötzlich wahrnehme inmitten der gefährlich in- und gegeneinander gleitenden verschalten Wagen: nackt, gliedernackt, die langen Beine zerbrechlich gespitzt auf den Stein schlagen – Splittergefahr! Splittert's? vom schlanken Braunen? Dann sind es Hügel unter den Hufen, dann ist es ein Hinabloten in das Wabenland von engverschränkten Hügelketten, Grabhügelketten, grau, weit, hart, groß. Niemand sieht es. Aber der Braune könnte die Glieder brechen, splittern hör ich's. Verdunkelung inmitten der rottenden Schwärme der Wagen. Aber die Hügel sind fest; fest die Deckel über den Gewölben, rund, festgefügt das Pflaster.

Eine kleine, kleine, kleine, kleine Blumenanlage. Im festen, entschlossenen, tüchtigen Frühlingsvormittagssonnenlicht. Hatten wir. So einen Blumenbauchladen auf dem steinernen Muskel eines Platzes. Als ich klein war. In dieser meiner damaligen Vaterstadt.

Damals lief ich von der Schule heim. Die Augen liefen voraus, die Augen liefen auf. Auf dem Blumenbauchladen unfehlbar. Auf der Bank der Blumenauslage, die die Gärtner immer anders bedeckten: mit leuchtenden Kissen, vielköpfig bestickt. Die Trams fuhren in Schienen inmitten der Straße, und die Hausfrauen trippelten am Straßenrand. Auf den Trottoirs. Eine Stunde bis Mittag noch. Geschenkte Stunde in aufgeräumter Stadt. Im Frühlingsvormittagssonnenlicht. Manche Gärten zeigten schüchtern blühende Bäume. Ostersträuße, ade winkend dem Konfirmand gewordenen Sohn und komm wieder. Mager blühende Bäume hinter Gittern und vor grau- oder grünrauhem Alltagshäuserstein. Im Straßenbett fuhr oder fehlte die Tram. Im Friedensstraßenbett vor dem Krieg.

Klempners hatten einen Magnolienbaum. Seit da ist mir ein Magnolienbaum ein Katholienbaum. Klempners waren Katholiken. In ihrem Garten wurde der Magnolienbaum zu Maria und Josef mit dem Kinde. So schwer beugten sich die Äste. Alle beugten sich über das Kind, über sich, über Maria und Josef. Beugten sich übereinander.

Und die Äste waren mit den kerzenfarbenen Knospen bestückt, Fleischgranaten mit Weihrauchduft. Aber die Blätter fehlten. Der Katholienbaum war nackt, der Maria-und-Josef-mit-dem-Kinde-Baum bestand nur aus hölzernen Ästen und fleischernen Blumenknollen, die das vorrückende Frühjähr öffnete, aufgehen ließ zu wächsernen Kelchen und schließlich verstreute. Familie Klempner saß Sonntagnachmittag unter dem Katholienbaum, kinderreich, wie sie war, und damals wollte die Älteste, Dunkle schon ins Kloster. Dunkel, ernst, feurig, ist sie im Begriff, in den Schleier einzufahren. Die Jüngsten waren Mädchen, Zwillinge aus Ber-

berland. Familie Klempner unter dem blätterlosen Gruppenbaum, der sein Marzipan verstreute. In allen Schaufenstern wuchsen Osterhasen heran, klebrige Eier aus Zucker und im Wald der Waldmeister. Den haben wir in tödlichen Sonntagsspaziergängen vom Wald durch die steinharten, in der Mitte geschienten Straßen heimgetragen, verwelkt, wie er war, die Straßen ohne Flucht am Sonntag: Mutter, meine Schwester und ich.
Auf Klempners Garten sieht man von unseren hinteren Fenstern. Er ist kirchlich prächtig in andere eingezwängt, und vor diesen Gärten liegen die Höfe, Höfe mit Kies und stachligem Grasbart dazwischen. Zwischen Gärten und Höfen läuft ein geschotterter Gang, den gehen die Hausfrauen gebückt mit nasser Wäsche in geflochtenen Körben und die Dienstmädchen mit staubigen Teppichen entlang. Für die Kinder ist er, da Garten und Höfe eingegittert sind, der reine Raubtiervorführpferch vom Zirkus. In diesem Gang spielt sich etwas ab zwischen den Kindern der dazugehörigen Häuser, die alle recht hoch, vier- und fünfstöckig, grau, steinstarrend und balkonbehängt sind.
Von unseren hinteren Fenstern aus ist Klempners Garten mit dem Katholienbaum zu sehn. Was

dort fehlt, ist etwas weiter rechts, jenseits von Höfen und Gärten, im Überfluß zu holen: da steht die CASA D'ITALIA mit großem Wirtshausgarten voller Kastanien. Wenn der Frühling in Klempners Garten die unverpackten Fleischknollen treibt, ist der größere Garten der Casa d'Italia grüne Luft, durch die unzählige zarte Kastanienblätter schlüpfen. Eine hohe Bretterwand, dunkelsaftgrün gestrichen, umgibt diesen ganz anderen Garten. Grüne Farbe rauht, riecht, blättert und wirft sich auf hoher Holzwand. Grüner Schatten ist draußen und drinnen. Drin schatten die guten Stämme der Bäume durch die breite Anordnung hölzerner Tische und Bänke, und darüber schlüpfen die hellen Blättlinge aus ihren Halftern in die Luft. Lärmige Fröhlichkeit ohne Zeit herrscht unter diesen Blätterdecken innerhalb der Bretterwand, die Tische sind von Hemden, Händen, Knien umsprungen, in den Stämmen hallt das Lachen herrlich und natürlich innerhalb der Bretterwand, die das alles austrennt, in die man aber von unseren Fenstern hineinsehen kann. Wie die Stimmen schmettern! Schöner Sonntag ist nur hinter der Bretterwand.

Hugo Ratazzi und Giancarlo Clerici. Zwei Knaben der Nachbarschaft. Hugo wird von seiner Mutter, schwarz, knochig, arbeitsam, hart und gut, Uuuuugoo gerufen. Hugo ist ein Kerlchen, rothaarig, flink, unglaublich wendig-schmal, mit braunen Augen im über und über sommersprossigen zarthäutigen Gesicht. Die irritieren, man kann sie für weitere Sommersprossen oder gar Schorfdinger nehmen. Hugo kann das FYFFES auf der schwarzglänzenden Tafel für Bananenreklame vor Bergers Früchte- und Gemüsegeschäft mit tiefen Halsknurrlauten sprechen. Wir stehen vor schwarzer Tafel mit bananenpflückender Exotin in wehenden Schleiern, es ist dunkel um Bergers Früchte- und Gemüsegeschäft, und Hugo oder Hügere, wie wir sagen, holt aus der Urwaldregion seines unteren Halses sein »FFäffäs« herauf.

Wir haben uns angewöhnt, in der Casa d'Italia Schach zu spielen. Wir drei. Im menschenheißen Qualm der Italiener sind wir kaum zu bemerken. Über uns hinweg wird Nostrano gereicht, Salami enthäutet. Werden Hände geschüttelt, Schultern geklopft, wird sehr laut und rauhkehlig gesprochen. Immer schwärzer wird es, immer heißer, immer hüpfender schlägt das Herz, während die Finger Schachfiguren schieben.

Manchmal zieht die Bläsergesellschaft der Casa d'Italia, Sonntagnachmittag, aus und durch die Straßen. Umzug. Uniform haben sie nicht, auch keine besondere Marschordnung, ein Wurm mit Schwanz halt, aber querein und querüber schwanken die gebogenen Hörner und gleißen, und die Musik hat einen mit Jauchzen und Schluchzen gemischten Zug, der mitreißt. Die Häuser der Gesellschaftsstraße, ausgerechnet die! Zeilenhäuser, enghoch, die letzten aus Holz, die es noch gibt im Quartier, mit Abständen, die ein bißchen Wildwest machen, diese Häuser schwanken vor Horchen abbruchreif, wenn die Kapelle der Casa d'Italia ohne Uniform und Marschordnung durch die Gesellschaftsstraße zieht.

Samstag und Sonntag abends ist Kino in der Casa d'Italia. Das heisere Schreien, Kotzen der Lautsprecher spaltet die nicht dazugehörige Nacht des Länggaßquartiers auf. Und aus nachfolgender tieferer Stille hören wir in Betten das andere Heimgehn, sehr spät, sehen vor uns in Betten die Gruppen und Paare tief auf der Straße unten, sehen genau die nach hinten und vorn weitergeführten lachenden Unterhaltungen sich fortpflanzen, bis die Schlafstummheit unserer Stadt sehr fern sehr feindlich sie verschluckt, die heimkehrenden Italiener der Casa d'Italia mit ihrem uns unverständlichen, aber geahnt freiheitlich städtischen Benehmen. In unserem Friedensstraßenbett vor dem Krieg.

Eine Tankstelle hatten wir, mit sündigem Licht. Sündig ist das alle Laster aller Motels vorauskündende Licht unserer Tankstelle an der mittleren Länggaßstraße vis-à-vis Vereinsweg, nachts, wenn das Friedensstraßenbett und die geplusterten Häuser vorkriegsbürgerlich in steinernem Schlaf liegen. Zur Tankstellensünde paßt höchstens Herrn César Backhaus' orgiastisch schwelgendes Klavierspiel, das allem Bürgeranstand höhnt, paßt das ungesunde Heimkommen der Serviertochter, die in einer der vielen Mansarden des Dachstocks ein lockeres Mietleben führt, kontrastiert des alten Friedli Fummeln vor dem Schlüsselloch, daß Straße plötzlich überweit und er sehr klein und beharrend erscheint, kontrastiert sein Treppenhochsteigen, sein Satz, den er keuchend ausschnaufend auf jedem Stockwerk wiederholt: »'s ist nur der alte Friedli, der keinem was tut, der alte Friedli nur, der kommt.«

Eine Tankstelle, die Sünde anzündet und hochhält

die ganze Nacht, eine sündenzündende Tankstelle hatten wir.
Weder beim Waldmeisterholen noch in der Casa d'Italia, noch in den Höfen und Gärten ist Vater dabei. Kannte er Klempners? Giancarlo Clerici hat er gekannt, auch dessen Eltern, sonst hätte nicht Mutter Clerici mich jedesmal angehalten, um nach meinen Eltern und insbesondere auch meinem Vater zu fragen und ihn auch in die zu bestellenden Grüße miteinbezogen. Bist du damals schon in dein Krankheitsrückzugsgebiet eingezogen oder noch in deinem Gesundheitsrückzugsgebiet gewesen, deinem Labor, ›Untersuchungslaboratorium‹, wie am Briefkasten zu lesen stand, seitab lebend von uns, einen Stock höher?

Vater du an der Wand, aufgenommen auf Kleiner Schanze vor mehr als einem halben Leben, als du noch gar nicht mein Vater warst. Der also nicht mich anschaut da auf dem Bilde, mich gar nicht hätte anschauen können, da ich noch nicht war. Vater, du nur Schauer, nur Schweiger du, hier. Hör zu:

Als ich mit Gulottis im ›Potemkin‹ war, in Rom war's und Abend. Danach war ich allem enthoben, war weg und ein anderer. Ich sah die Treppe, die Helligkeit. Die weitoffenen Gesichter. Den Himmel. Die Weitung aller Gesichter, als die Stiefel kamen: als nichts war als das Schreiten der Stiefel die Treppe hinunter, breite Stadttreppe, die niedersteigenden Stiefel. Folgte ihnen über gefällte, gestreute Körper hinweg, sah den Kinderwagen sich losmachen, rollen, hüpfen, stürzen, großrädrig ungeschickt und schwarz, über helle Breiten und Riemen der Treppe und dahinter ein Frauengesicht, Muttergesicht, Entsetzen schreiend. Die niedersteigenden Stiefel, die flüchtende Menge. Das Schiff, wie es hereinragt mit ewigem Moment. Die Helle, die riesige Helle. Alarm war, und jeder Stoff pochte von Herz- oder Angstschlag. Und jede Braue und Pupille unwiederbringlich. Ich fühlte Arme wachsen wie Scheinwerfer weit, die wollten alle Häuser entwurzeln, Raum, riefen sie.

In unserer Frühstücksbar fächert der Barmann auf die laut vorgebrachte Bestellung drei Untertassen scheppernd über das Blech der Theke, sagt

»pronto signori«, wippt danach zwei Täßchen auf die Unterteller – sofort zartes Dampfgekräusel – greift mit der erstfreien Hand zur Maschine zurück, zieht Hebel und setzt das dritte Täßchen ab mit den Worten »due caffè, uno macchiato«, wobei er die heiß zirpende Milch nachgießt. (Schwarzhaarig über weißer Weste, weißer Schürze, vor welcher die braunen Dämpfe versteigen; agil, lachenden Gesichts.) »Warum lachen Sie dauernd?« fragt eine alte Dame vom Eingang her. »Ich lache immer, lachen würd' ich noch beim Untergang der Welt.«

Vater, ja, ich könnte auf der Terrasse sitzen, ist großes Blühen weitum, aber nicht auf dem Land. Der Blütenbuschbaum, der Teich mit Blumen und Fischen aus Gold, die Palmen, die gestreuten Wege mit wohligem Kies und räkelnden Nadeln, das heiße Gemäuer, Glyzinienschlangengirlande darunter und darüber, die Vasen aus Stein und die Putten und Hermen aus Stein, auch artig hinter Gebüsch zum Erschrecken ... ist alles in der Stadt, mittendrin, gehört zum Haus oder Palazzo, steht auf Stein, heißt Park, ist privat, wir dürfen da sein in diesem ragenden Garten, doch ist's in der

Stadt, steht auf Stein, man sieht die Mauer abfallen, wenn man unten vorbeigeht, die hohe Mauer, und ahnt nicht, was sie trägt, man ist dann eben unten inmitten von Häusern ohne Abstand, Häusern braun und warm und vernutzt, die sich gassenlang hoch gegenüberstehn, riechen, braun, mit Dunkel von innen, Schatten, die durch die Löcher der Ladeneingänge knallen. Zwischen den Häusern wirft sich das Pflaster, das die Sonne bestreicht, während das eiserne Brünnlein am Rand seinen Strahl spendet oder gurgelt und sickert. Da ist man unterhalb, draußen und ahnt nichts vom Park hoch darüber.

Oben im Park siehst du die Terrassen der Stadt, die vielen, vielen Mauerkörper hingelagert, teils bekuppelt, Mauern, rötlich gebrannt oder weißlich, gelblich gebleicht, das viele Gelagerte, darin der Himmel, eindeutig blau zum Rötlichen des Steins oder Gelblichen, zwar nicht umgeht doch niedergeht. Abends dreht die Reklame für Motta einen giftblauen Reifen, ein Pfauenrad.

Ich könnte auf der Terrasse sitzen, sitze also da und habe den Park, den Rausch des Blühens, die Terrassen, den vielen Stein, hellen Stein, die hell lagernden Leiber der Stadt, das Licht, die Wärme,

die Ahnung der Gassen von untenherauf, den Mond im Blauen.
Ich will ja nicht im Firmament sein bei Tag, nur glitzern im Glitzern, ich lebe ja, will raus, will runter, was tun. *Was* tun? Vater, die Blümchen ...!
Abends treibt die Stadt viele Hörner. Sie erwachen in Kellern, wo's riecht, in den Kesseln und auf den Höhen. Eines hat angestimmt, langt langanfragend durch die Luft. Langt herauf aus den Schächten, den Plätzen, den steinernen Höhlen und Gängen und Plätzen, den nachmittagsbraunen heißen Hallen der Stadt, langanfragend, heiser und tief. Und da, Hügel höher, brüchig antwortet ein zweites. Das Tierhaus erwacht. Es ist die Stunde.
Die Hörner, die dunkeln und hellen, die Hörner, laß sprießen die Hörner. Aus allem Stein brechen sie vor, in Stummeln, mucken, bellen und belfern. Sonores Gebrüll in steinhallenden Hallen, Tierhaus, braun. Das rottet sich zu Verbänden aus Brüllern, tausendfach, die Stadt ist nah, mit allen Fenstern, mit allen Plätzen, Gehegen, Nähen und Weiten, mit jedem Zimmer und Käfig, mit Gärten und Parks und Fluß und Brücken, vierzehn Brükken, brüllend nah; dunkel, laut. Sie zittert, die

Stadt, mit den Milliarden Geschossen, mit allem Stein, bebend unter den Hupen, die sich rotten, zertrümmern und flechten, zerfletschen und dichten, bis alles steht. Bis die Hupen sich sammeln zu großen Achsen des Fragens, zu heiseren Bahnen des Begehrens: die ragen durcheinander in allen Tönen der Leiter, heiser und tief. Wie sie nun wollüstig dröhnt, die braune Stadt, die heiße, die lebensalte Arena!
Das liebte ich, liebe ich: die chromatischen Stege durch alle Mauern hindurch, durch alle Wände aus Stein, alle Kunst, alles Leben, jeder eintönig beharrend, eigensinnig begehrend: die aus unzähligen Schlünden entsandten heißheiseren ragenden Ströme. Geduldig, quellend und trüb. Das gute, das gutgutturale Gebrüll in den Mauern, das Steinhausgebrüll, aus den Tiefen. Das ›Jericho‹, und die Mauern fallen nicht hin.
Da ist nun der Park ein winziger Garten darüber, hoch, hoch, und der Garten eine farbige tanzende Pfütze. Fingertand, das Balustradengeländer!

Ich möchte, verstorbener Vater, dir schreiben von dieser Stadt. Ich komme nicht über die Blümchen.

Die Riesenpalme im Park, an ihr geh ich vorbei vielmals täglich. Die schlankt sich hoch mit klaffender Rinde, mit Stücken aus Korken, braun: trocken, mild, der runde, rauhweiche Stamm zum Umarmen. Ganz oben der Wedel, den keiner anschaut. Aber um den Stamm sind Pflanzen gerankt, die halten Blumen feil. Am schönen milden borkig klaffenden rauhweichen rundrunden Stamm zum Umarmen – Blümchen feil. Was wollen die Blümchen? Schauen rosa, schauen lila, schauen blau vom warmen Palmenhals. Offen, mehr geöffnet, rund; Blumenaugen da, schauen dich an, sind ganz nah; rosa, lila, blau vom Palmenhals. Vater, die Blümchen …!

O den Himmel austropfen lassen.
Die Wagen aller Straßen ins Pantheon bestellen.
Im prall gefüllten Omnibus Verwirrung stiften, zum Beispiel auf fremden Füßen herumtrampeln und alle Beschwerden als Arzt abfangen, ruhig in wütende Augen blicken und überlegen beiläufig Leberkrankheit diagnostizieren, von Atemgeräuschen auf Lungenkrebs schließen, einen Kropf entdecken und so fort, bis fassungslose Verwirrung herrscht. Und dann gemessen und gelassen,

doch unbemerkt aussteigen, um eine Zeitung, angelehnt an die Laterne, ungelesen auf- und zuzufallen und, den Mantelkragen von nichtvorhandenem Stäubchen befreiend, in eine Richtung davonzugehn.

Zweiter Teil

Ich weiß, an dieser Stelle müßte gefragt sein, was denn nun eigentlich gewesen sei. In dieser Zeit. In dieser Stadt. Und ob überhaupt etwas. Denn wie hier die Gemäuer sich fügen, müßten ja wohl auch meine Momente, die versprengten Momente, sich fügen in einen Lauf und sich fügen einem Lauf von Geschehen, brauchbar für diese Seiten. Nur leider bin ich ohne Einsicht in so einen Lauf. Wie läuft der Lauf? Lief davon der Lauf. Oder sollen wir zugeben, daß überhaupt nichts geschah?

Den wir als Ich leben ließen, den lassen wir laufen, uns zu suchen. Zusammenzusuchen aus den Plätzen für Lebensminuten, den Minutenplätzchen in Rom. Der ist Stipendiat in Rom. Der liegt auf dem Bauch unter dem Baum mit dem Ding. Der möchte hinaus aus dem Bann, der ihn auf

Bauch warf und hinein in das Ding. Das hier Rom heißt.
Der will nicht länger Stipendiat sein.
Dann muß er sich zurücknehmen aus all den Plätzen. Und deshalb: zurück auf die Plätze, los! Suchen, sich und mich wiederzufinden und mitwegzunehmen.

Wie hat er die Zeit verbracht?
Natürlich geschlafen, solange die Lider die Abwehr des Lichtes vermochten, solange ein krampfhaftes Verschließen der Ohren Pinas Schmettern mit Stimme und Töpfen, ihren Tratsch mit der Bettenmacherin, das Meckern der Klingel, die wiehernden Telephone – alles vor meiner Tür – hinlänglich abhalten und wegschieben konnte; solange der grimme Entschluß weiterzuschlafen gegen Licht und Lärm aufkam. Aber schließlich erliegt er vor immer demonstrativer werdender Versammlung vor meiner Tür, alle Wehr bricht zusammen, und die draußen brechen ein, weg sind die Hüllen, und warum nun die Anflüge schlechten Gewissens, die gerechten Zorn verrauchen lassen auf diesem Gang zum Bad, barfüßigen Gang eines Ertappten, der sich zugeben muß als der wehrlos

Zerzauste, der in einer miefigen Wolke von Bettengeruch daherkommt und sich nicht länger verleugnen kann, diesen aufwartenden Weibern gegenüber, die nun mit betontem Strahlen »Guten Morgen« wünschen, das Aufblenden schadenfreudiger Neugier sich aber keineswegs verkneifen? Mein ist mein Schlaf. Und dennoch belangt es: das Wissen um sorgfältig in Anteilnahme verhülltes Mutmaßen, das Wissen um anzüglichen Gedankenaustausch draußen, jenseits meiner mit Wasserrauschen doppelt geschirmten Badezimmertür.
Der nun heraustritt, gebürstet, gekämmt, ist schon eher gewappnet, schlüpft zurück in ein Zimmer, von dem er sich nichts anderes als eheste Trennung verspricht.
Einem eben noch erwischten Tag springt er entgegen über diese leerstehenden Mietshaustreppen des Stipendiatenhauses und taucht in dem Park auf, der wie immer jede Ahnung übersteigt. Der Gärtner recht oder schneidet, gutartiger Mann, braun und klein, in den Gewächsen; es verteilt sich die Sonne zwischen Hälsen von Palmen und zeigt erblindende Kieswege her, aus denen die Nadeln entfernt sind; es bringt die Sonne Azaleen und Kamelien, Kakteen und Pfirsich zur Ansicht, viel

schwebenden Glanz auf Blättern und Blüten; und krümelnde Trockenheit auf Hermen und Putten und liegenden Platten und Sockeln; einen dickblauen Tag, der sich weit über Palmwedel hinausdehnt und mit städtischer Helle zurückkommt: einen dichtvorhandenen neuen Tag.
Das ist ein Voranzögern und Wundern, die Blumenaugen, die Blatthände, ihr Tasten am Weg – oder ein Vorbeijagen, denn was wollen die Blumen? schauen lila, schauen blau ... Und ist ein Haltmachen beim Fenster des Malerateliers, dem einzigen Stipendiatenzimmer, das im Palazzo liegt. Gucke durch die Mandarinen-, die Orangenbäume hinein wie ein Dieb und siehe da: Massimo ist schon auf, er hat bestimmt noch nicht lange die Fenster aufgestoßen, das Bett ist noch ungemacht, er aber ist da. Trete ein. Der Brave schaut vom Zeichentisch auf, wo er eben einen Brief zu verfassen scheint. Halb stehend beugt er sich über den Tisch, die Bilder lehnen gestaffelt an Wänden, ätzen Öl und Terpentin in den Raum, die Büchsen, Dosen, Pinselständer, die Paletten, die Auslage der Farbtuben: alles reiht sich gebrauchsschmutzig und wohlaufgeräumt auf Gestellen, Regalen, und er dreht mir sein Griesgram- und Bleichge-

sicht mit der Spur Wegwerfung darin und dem scheuen Funken Kameraderie zu, brummelt und brummt und hat noch nicht gefrühstückt. Und räumt rasch, recht sehr ein Herr in seinem Hausaufzug und den Schlappen, gröbstes Nachtzubehör beiseite, schenkt einen Grappa ein. Zeigt auf Nachfrage mit Gesten, als nähme er feindlichen Abstand von dem bösen Erzeugnis, letzte Leinwände vor, stellt sie gefährlich spitzlehnend an Stuhlbeine, Tischkanten, Wände, mißtraut ihnen und mir, zieht sie ein mit verabscheuungsvoll schneidendem Atem, wie man nur Gift inhaliert, von dem man weiß, man wird es doch nicht lassen, das Laster, bricht dann unvermittelt die Vorstellung ab. »Andiamo«, und wir gehen. Gehen hinunter die Parktreppen und windenden Wege voll zweckloser Schauhausvegetation, die sich aus steinernen Verstecken über jeden ergießt, der nur wegstrebt, treten auf die Straße.

Der Parkwächter mit der wichtigtuerischen Ledertasche über dem braunen Khakihemd eilt zwischen Wagen hin, die den Ausgang versperren. Und wir da durch. Die Straße liegt hell und voll Zeit in den Dämmen der Mauern, sie liegt unter der Spiegelung eigenen Dunstes, die Straße möchte man als gutgewachsen und schönangezogen bezeichnen, wie sie uns allmorgendlich aufnimmt, wenn wir zum Frühstück erscheinen. Vor der offenen Bar räkeln sich Zeitunglesende in den paar Stühlen, auch Halbwüchsige, die nicht trinken, nicht lesen, nur sitzen und zur Tür des Tabakladens gewandt sind, in dessen Eingang der Besitzer lehnt. Es blitzt der Marmor in der kleinen Halle, die Kassiererin sitzt gelangweilt im Kassenverschlag, knabbert an den Nägeln. Schiebt uns Kassenschein und Herausgeld herüber, während sie unsere Bestellung zur Bar hin monoton wiederholt. Und schon geht da Dampf ab von der tollen gleisnerischen Maschine, das Metall der Theke läuft funkelnde Runden. Die Hörnchen aus Süßteig, die Sandwichs, Tramezzini – das wölbt sich willig unter hungrige Augen, die Serviettchen fächern daneben im Gestell, und unter durchsichtigem Bakelit stellt sich Schleckware, Schokolade, Kaugummi aus. Der Barmann, dem die schwarzen Büschel aus dem Kopf wachsen, zieht diensteifrig Hebel und bleibt ein Mensch, der Piccolo geht eben mit einem über und über mit Täßchen und Broten beladenen Tablett ab Richtung Straße und muß durch Aperitif trinkende Herren balancieren, die weiter hinten an der Wand stehen und reden, über ihren Köpfen jagen sich die Flaschen wie ein Glockenspiel. Ein Junger schwatzt nun mit der Kassiererin, die halb hinhört und dabei auf winzigem Zettel zu rechnen scheint, sie läßt die roten Nägel über den Fetzen stelzen, einer führt ein eindringliches Gespräch in die Ecke, wo der Apparat hängt, jetzt hat er aufgeschmissen, entfernt sich. Indessen ist unser Kaffee da. Wir häufen Zucker in die schwarzschwappende Flüssigkeit, es wird uns zirpende Milch nachgegossen, unsere säuberlich mit Papierserviettchen bewaffneten Finger greifen sich ein Tramezzino aus der kunstvollen Schichtung, dieweil schon der nächste Kaffee für uns produziert wird, die Maschine faucht, und die Hähne tröpfeln, Gott! ist das Getränk stark und läuft heiß in den Magen. Wir treten behaglich zurück und in die Halle, was eigentlich Straße bedeutet, kauend und schlürfend, beide Hände beschäftigt, zufriedene Stipendiaten mit viel Zeit und freien Augen, frei auch für den Begräbniszug, der jetzt mit dunklem Pomp und echt bewegten Leidtragenden einbiegt. Ja, wir haben es gut, und so trennt man sich denn mit einiger Lust, etwas zu tun oder zu unternehmen. Aber da hat der Ver-

kehr schon angezogen, Riesendinger von Omnibussen versperren einen Engpaß, das Hupkonzert setzt ein, in der Hitze ist der wasserpeitschende Brunnen ganz von Blech umstellt, nein, richtig eingekesselt, da hilft nicht das Pfeifen und nicht das gemächliche Näherkommen des Gottes in blendend weißer Uniform. Stehenbleiben könnte man und sich dem Spektakel der Straße überlassen, dieser Sinnenfütterung, die müd macht. Aber da ist schon die Essenszeit herangerückt.
Die anderen haben sich schon hingesetzt. Pina trägt die Pasta auf, feine Hände reichen sich Wein und Wasser, man spürt, die Damen und Herren haben nicht verschlafen, vielmehr schon etliches hinter sich und berechtigten Hunger, da wird nicht mehr oder doch nur sehr oberflächlich konversiert, denn nun will man zugreifen. Doch schon bei Fleisch und Salat setzen Pausen ein, man lehnt sich zurück und faßt sich ins Auge. Und bei den Früchten obsiegt der Geist des Symposions über alle Begierde. Das wird nicht als Signal zum Aufbruch verstanden, wenn einer in den Flur läuft und ein Telephongespräch beginnt, gleich wird er zurück sein. Er setzt sich zu den andern an das wacklige Tischchen, das Salonrequisit, über dem

die Tabakräuche blauen. Es ist die mimische Stunde. Ernstes Zusammenziehen von Brauen. Höfliches Vorbeugen zur Bekundung ungeteilter Aufmerksamkeit. Übereinanderschlagen von Beinen. Rücken von Knien. Zeit der Siesta. Vom Garten des benachbarten Priesterseminars triumphierendes Licht, gebrochen: rötlich vom Stein, grün von den Bäumen und anders grün von der Jalousie. Zigarettenrauch, Pfeifenrauchschwaden. Dorette legt eine Platte auf, es wird andächtig gelauscht, nur, John hat wenig Zeit, er wird von Ungaretti erwartet, wie er zu verstehen gibt, doch Wieland hat Zeit und Traktanden, Wielands Bleistift gebietet Schweigen, exponiert auf Papier. Bald legt sich das Stürmchen, ausgelöst von Vorschlägen, Einwänden. Die Hitze erstickt es. Massimo bricht auf, um sich hinzulegen. Ich ebenfalls. Und während mein Kopf und meine Knie in dem Bettüberzug wühlen, versichern isolierte Geräusche aus Küchengegend meinen schwindenden Sinnen einen friedlichen Fortbestand dieser Welt.
Stunden später. Mustern sich Fliesen des Zimmers und mustern mich. Stehe auf, es geht gegen Abend.
In der Bibliothek sind die meisten Tische noch

verwaist. Vom Vorzimmer gedämpftes Telephonieren der Sekretärin. Der Marmorrahmen des Palastes ist hier durch die dunkelhölzerne Wandverkleidung hindurch spürbar, man spürt diesen nackten kühlenden Stein, wenn man zu späterer Stunde über dem grünen Leselämpchen sitzt wie ich, Federstiel kauend und dem Zunehmen der Abendlebendigkeit lauschend. Meine Augen bestreichen die bücherrückendichten Gestelle, die ganze dunkle Resonanz der Wände, die einen vorzüglichen Rahmen abgeben für eine gebeugte Haltung in Schönheit. Die Jalousien, die nur mit langem Dreharm mühsam emporzuwinden sind, blinzeln mit allen Ritzen. Der Atem flaniert unbehindert zur offenen Tür der Terrasse, wo er Stäubchen hinführt und die Parkluft sucht. Aus städtischen Tiefen mucken die Hörner. Wo bin ich nur und wozu? Und ich versuche mich angestrengt auf ein Außerhalb zu besinnen, auf Deutschland zum Beispiel, die Schweizerstadt, auf Paris, und dies in der Hoffnung, es springe aus solcher Beschwörung des Andern diese Gegenwart heraus, die sich fortwährend verbraucht – unbetreten, verpaßt. Oder ich beginne zu kritzeln, döse dabei schönträumerisch und sehe auf einmal auf krumpelndem Papier in komisch stelzender und dann wieder sich verkrümelnder Schrift, meiner Schrift, Sätze wie: »Aus Pferchen entlassen, aus Türbogen geschickt, es rieselt der Staub von einstürzenden Wänden, die sich als Kulissen aus Pappe erwiesen, die Bühne ward unansehnlich staubig nichtsnutzend, war schon verlassen, noch eh' ich mich draußen fand. Alles läuft gar nicht in den Straßen, die sich übersichtlich treffen, läuft nicht in Wänden und nicht nach Übersicht. Läuft kaum nach Faden, der auch hübsch reißt und nur Weiße zeigt, die auch schon gilbt. Und es freut mich gar. Weiß zwar nicht mehr, wo ich mich bewege, aber wäre nun draußen. War früher kaum an der Luft gewesen, immer nur in guten Stuben, bin's aber nun, und es freut mich.« Und schreibe dann in betont grinsenmachendem Federzug hin: »Und so ist mein Geist heidnisch geworden und treibt frei in der Arena, ehrlich lügend, unbeengt, ohne Aufsicht. Bin ein Vitello geworden, ein Tagaustageinbock, nein, Reiter auf so einem Bock, der mich auf instinktsicheren Beinen aus Straßen und auf Wege führt, die alt sind und hart. Es gefällt mir, wenn's kalt ist, wenn's heiß ist, wenn's karg ist, wenn es nur anpackt und packend ist. Reite hinaus.«

Schreibe so ähnlich, während ich döse, lese erstaunt und muß lachen, bis ich das Papier zerknülle, aufstehe und die Bibliothek verlasse, um nach der Post zu schauen oder wie weit wir vom Essen seien, wie weit weg noch von unserer unvergleichlichen erquicklichen Table d'hôte.
Und manchesmal höre ich mich reden, als wären mir Engelszungen gewachsen. So neulich zu dir, Gabriella, an dem Tisch im Canova, vis-à-vis Donati, Piazza del Popolo.

Gabriella: Sie wirkt schwer unter der schwarzen Haarbürde, aber mehr noch der Augen wegen. Die sind groß und wachsen ins Unerträgliche, wenn sie sie aufschlägt. Und in der dunklen Stimme ist eine wehmutseufzende Rauheit, ist Resignation. Und sie tut nichts. Nichts in ihrem Zimmer im Institut, wo sie zur Unzeit eintraf, das Jahr des Stipendiaten hatte schon begonnen.
Zwei Koffer stehen plötzlich vor blankgeräumtem Zimmer und geben Rätsel auf. Und dann sitzt wie erfunden diese Gabriella mit an der Stipendiatentafel. Sie redet eine direkte Sprache, ungeziert, sie ist leicht alarmiert von Erwartung, wenn ein Vorschlag fällt, kindlich aufgeregte Puppe, neckisch

gar. Aber ebenso schnell vorbei, dies alles. Und es bleiben die riesigen Augen, die sich endlich mit aller namenlosen Erwartung überantworten möchten. Es bleibt der ewige Seufzer in der dunklen Stimme. Die Hände! schmal ohne Nerv ohne Muskel.

Meist ist sie auf dem Zimmer, liest, hinter verdunkelten Fenstern, schläft, weint, was weiß man! Verbringt Zeit, die dann immer unbenutzt aus der Stimme klagt. Aber da ist auch Trotz, und dann steht vor dir ein blitzbösverstocktes Mädchenkind.

Sie war schon früher in Rom, sie ist hergekommen nur, um der Langeweile ihrer Werkstatt in der Provinz zu entkommen, diesem Frauenhaus, aus dem die Männer zu Pioniertaten aufbrachen, bis nach Übersee, bis in den Tod. Und zurück blieben auf getrennten Etagen des Stammhauses: gebückt wartendes Mütterchen (»wie viele Monate sind's, daß der Sohn nicht mehr schrieb?«); ältere tatkräftige Schwester (»noch dies für heute, und dann fahren wir aus.« Wohin? »Ich dachte, wir sollten die Harmoniker hören, die spielen …«). Was? – Ach, arme Gabriella, ihr armen Schwestern.

Einmal glücklich aus ihrem Zimmer herausgeholt,

plaudert sie lustig drauflos. Aber die Wege bleiben durchzogen von den Strähnen nicht zu verleugnender Melancholie, die ihre Stimme zurückließ. Und wir verstehen uns. Aber diese Augen. Die Riesenoffenheit unbeantworteter Augen. Und dann zeigt es sich, daß einer ihr Kummer macht. Mauro heißt er. Erwähnt hatte sie ihn ein paar Mal schon, und durchblicken ließ sie, welche Nerven er sie koste, der schöne, der verrückte Kerl. Und dann eines Nachts:
werde ich herausgeklopft aus meinem Zimmer, zwei Uhr früh ist es, und Gabriella möchte mir ihren Mauro vorführen.
Groß, sehr groß, sehr bleich, nervöses Schöngesicht unter tiefschwarzem Wellenhaar. Anachronistisches Gesicht und Benehmen. Überelegant angezogen ist Mauro, und zwar entweder von Kopf bis Fuß weiß oder von Kopf bis Fuß schwarz.
Mauro fällt sofort über mich her, fixiert mich mit aufzehrender Eindringlichkeit, während er von verschiedenen Seiten gleichzeitig auf mich einzureden scheint, mit Frageströmen mich überschüttet, die sofortige Meinungsabgabe verlangen, Antworten jedoch nicht abwarten können, so viel ist zu fragen. Er redet, redet, untermischt sich mit

Lachern, mit Gekicher und weiter geht's, schon sind wir in der Barke endgültigen Einvernehmens, schaukeln zusammen auf den Plätscherwellen der Vertraulichkeit, aber wir erreichen uns nicht. Ich brauche gar nicht mitzutun, kann das rasende Schauspiel schauen. Nichts weiter. Und Mauro empfiehlt sich.

Mauro, Klagen und Schimpfen über Mauro, gehn nun immer neben uns einher auf unseren Gängen. Der Seufzerton, das Schluchzerrauhe der Stimme, hat nun ein Betreffen, und das ist Mauro. Und was macht Gabriella? Sie läßt sich erweichen, geht immer wieder hin, um aufs neue beleidigt, weil sitzengelassen und betrogen: um jedesmal als Entrüstete zurückzukehren und zu schwören: aus! nie wieder! Und geht doch wieder. In sein Atelier. Denn nur das scheint er zu wollen, daß sie dabeisitze, während er malt. Und er, er malt nun wie ein Rasender, als wäre Geist nur vorhanden und Gelingen nur möglich, solange sie da irgendwo im Hintergrund sitze, die Hände im Schoß. Sie schaut zu, ihr gefällt er so, auch kann er, beide Hände unter Einsatz, Augen, Aufmerksamkeit bei der Staffelei und jedenfalls nicht bei ihr, kann er jetzt geradezu entspannte Dinge sagen; Aussichten eröffnen, die ihr gefallen. Versprechen fallen schön schaukelnd von seinen Lippen, die zwar in seinem konzentrierten Auge keinen Widerschein haben, immerhin malt sich Gabriella im Hintergrund und auf Grund solcher Worte den endlichen Beginn und unausdenkbaren Verlauf ihrer römischen Geschichte aus, während Mauro vorne ganz anderes malt. Die Sache wird ausgemacht, richtig beschlossen. Aber dann ... Mauro erscheint nicht zur Verabredung. Mauro läßt warten und verpaßt, hat vergessen, läßt sitzen. Und in Gabriella springt Zorn auf. Dieser Schuft! Und Rachegelüste und Vernichtungsideen nehmen stürmisch Besitz von ihrem Denken. Sie wird selbständig, aktiv, beginnt zu arbeiten, schließt sich näher an die Institutsleute an, macht mit, wo sie nur kann. Dann Anruf. Spät nachts. Mauro. Redet in erahnbarem Schwall. Billige Ausrede, nur beiläufig vorgebracht und das Versäumnis sehr bagatellisierend, sie ist ja keine Bürgersfrau. Zur Hauptsache aber ist's Einmischung, ist es ein Verhör bezüglich ihres Abfalls, ihres Treibens, das gar nicht seine Billigung findet, nein, er droht, will alldem ein Ende setzen, er will sofort erscheinen, wenn sie nicht einlenkt. Er zitiert sie für den anderen Tag, die

Wut Gabriellas nimmt er gar nicht zur Kenntnis. Er braucht sie, er fordert die Muse zurück. Die Muse in der Gestalt einer sanft dasitzenden, mütterlich sinnenden Gabriella, die dem Auftritt des letzten Malers mit schrankenlosem Vertrauen Pate zu sitzen hat.
Und, man merkt es sogleich, Mauro ist wieder in ihrem Leben, das einschläft, weich wartend vertan wird, von Schimmern der Hoffnung erhellt. Er ist ja nicht mit andern zu vergleichen, und es mag stimmen, daß er sich an die vornehmen alten Damen, »die Gräfinnen« halte, wie sie sagen, mag stimmen. Aber ein Maler ist er. Ein richtiger Künstler. Er kann ja im Grunde für nichts.
Gabriellas Warten in Wettern, die der Gott Mauro, von Kopf bis Fuß weiß oder von Kopf bis Fuß schwarz, stiftet. Gabriella machtlos im Wetterhaus Mauros. Und nichts kommt dabei heraus. Und die Zeit vergeht ungeschehen und klagt in ihrer Stimme. Und die Zeit ist um. Und es kommt der Tag deiner Abreise.
Einkäufe machst du in letzter Stunde, für Mutter, für Schwester. Einen Wodka trinken wir, einen letzten, nachmittags, sehr nachdenklich, vier Stunden noch, und dann fährt dein Zug. Und Mauro

soll noch getroffen werden, ich soll mitgehn zu dem Mistkerl. Mauro soll dir wenigstens das geliehene Geld zurückgeben.
Mauro bestellt uns an die Piazza Venezia. Und diesmal ist er wirklich da. Kaum sind wir angekommen, kaum hat er noch, sehr schwungvoll auf dem Hintergrund ernster Bemessenheit, uns begrüßt, drückt er schon Gläser in unsere Hände. Man denkt, das Lokal gehöre zu seinen weiteren Latifundien und groß sei die Ehre, daß der Herr persönlich sich um die Getränke kümmere. Sehr ernst werden Fragen nach dem Ergehen, ihrem Ergehen, gestellt. Er hat bestimmt von der Antwort nichts mitbekommen, er ist nun plötzlich sehr aufgeregt, ja richtig: das Geld. Ein Bündel, aus einem vielmal so dicken lässig abgehoben, wechselt die Hand, aber wichtiger: Mauro hat ein sehr großes Projekt in Auftrag, eine Hotelhalle ist's, die er ausmalt, das Haus noch im Bau, er aber schon weitgehend fertig, wir müssen, nein, bitte, das können wir nicht abschlagen, auch wenn der Zug ... wir müssen es einfach gesehen haben, müssen nun unverzüglich aufbrechen, beschwörende Geste um winzige Geduld, er zuckt hinaus, »Taxi«!, hat er schon bezahlt? nein? kein Herausgeld bitte, nun

ist der Wagen da, Herr Mauro öffnet eigenhändig den Wagenschlag, schon fahren wir, zu dritt im Fond des Wagens, Mauro sitzt uns auf Klappsitz gegenüber, es ist etwas eng, auf dieser Fahrt, letzter Fahrt für Gabriella durch Rom, vor allem weil Mauro pausenlos erzählt, die Worte füllen den Raum hinter der Scheibe des Chauffeurs an zum Ersticken, sie können so schnell, wie sie gesprochen, durchs Fenster nicht abgehn. Plötzlich befiehlt er Halt zum Fahrer, ist schon draußen, fleht um ein Sekündchen Geduld, »bin gleich zurück«, schon eilt er, hochgewachsen und weiß, in die Menge, da kommt er schon wieder an, einen kolossalen Rosenstrauß in Händen, tiefdunklen Rosenstrauß in Zellophan, der vor dem Weiß seines Anzugs brennt, stumm drückt er ihn Gabriella in die Arme. Und weiter geht die Fahrt durch Straßen, die Gabriella mit letzten Blicken trinken sollte, denn bald werden sie verschluckt sein vom Haus und seinem Alltag in der Provinz. Nun ist man angekommen. Schlüssel besorgen und Durchgang freiräumen lassen durch gefügige Arbeiter ist nichts für Mauro, der sich dadurch selbst kaum unterbricht. Wirr, Gefangene seines Redewahns, gelangen wir über Bretter und Gruben unbescha-

det in die Halle, Licht wird mit nackten baumelnden Birnen schnell improvisiert, und pathetische Malfleischereien tauchen auf in diesem nicht klar sehenlassenden Licht. Und nun die Gewissensfrage, unverzüglich gestellt, begleitet von tiefem Einblicken auf den Grund unserer Seelen. Doch schon gibt er sich selber die Antwort und beginnt, wie ein Fremdenführer, die Erklärung, die Deutung, seine Hände fahren schattenwerfend in alle Richtungen der nicht abzuweidenden Wand.
Nun muß aber Gabriella wirklich aufbrechen, eine volle Stunde ist ja inzwischen vergangen in der Halle, Mauro lenkt ein, er geht stumm neben uns her Richtung Tageslicht. Es wartet die Taxe, doch er will nun gehen und zwar zu Fuß, nachlässig entlohnt er den Fahrer, Händedruck zweihändig stumm für Gabriella, Hoffnung auf ein Wiedersehn zu mir, der ich bleibe. Letzter Gruß. Er enttaucht; hoch, schlank, altmodisch schön, mit verebbendem Wahn in den Zügen, er enttaucht vonkopfbisfußweiß in der Menge.
Gabriella. Das Rosenriesenbaby im Arm. Was soll's ihr? Was tut sie? Lacht. Mit Schluchzern in der Stimme. Über sich, über Mauro, über die Rosen, über dies verrückte, heiße, schöne Tier Rom,

dessen Glieder von dunkel gekleideten Menschen wimmeln, dessen Kadaver von losgelassenen Wagen juckt, dessen Leib dampft, kocht, blendet. Und sie muß nun wirklich zurück. Um die Koffer zu holen. Mit dem Rosenstrauß in durchsichtigem Zellophan. Wie eine Gefeierte. Allein nach dem Applaus.

Nun setz dich nochmals zu mir, du mit den heischenden Augen; die du Mauro verhilfst zu pathetischen Malereien und mir zu Monologen; setz dich nochmals hin da im Canova, vis-à-vis Donati, Piazza del Popolo. Laß uns Platz nehmen auf jenem Plätzchen. Laß uns schauen auf den Platz, auf die bucklige Kirche. Laß uns das Wachsen des Grases vermuten in dem nistenden Buckeltier, das den Eingang zum Corso überwacht. Die Leute auf den Treppen und in den Säulen ahnen nichts davon. Die lösen sich und zerstreuen sich über die Stufen, erscheinen sehr ausgesetzt auf dem Platz, grell schimmernden Platz, in den die Wagen einbiegen, den Obelisk zu umkreisen. Dann zersplittern die Richtungen, einige sieht man in den beginnenden Serpentinen zum Pincio verschwinden. Laß etwas wie Lustigkeit aufkommen, und ich will dir erklären, wie Mauro das meint, wenn er sagt, für einen Mann wie ihn gäbe es keine Bindung.

Warum es für Mauro nie nimmer den Gedanken an eine Bindung gibt:

Es gibt das Fernansichtsbild der vorüberziehenden Frau mit der Schleppe, den Netzen. Da, schau, wie sie, selber im Netz, im Türkenrock zappelnd sich aufführt, sich windet. Ihre Hüften mahlen, als machte es furchtbare Mühe; da geht sie auf Fußspitzen, so hochhackig ist der Schuh, geht sie vorbei, wirft Beine wie Leinen aus, die auf dem Stein auftreffen, gerinnen. Und mit jedem Schritt ist's ein neuer Guß Frauenbein. So wiegt sie sich voran, dauernd sich selbst überblickend, achtet auf den Doppelbug ihrer Brüste, daß sie nicht durchgehn, und so hat sie mit sich vollauf zu tun, wirft nur ab und zu die Mähne und überwacht ihr fürchterlich schwer zu zügelndes Eigengespann.
Da, schau: wie sie sich in den scheinbaren Netzen voranbefreit, wie sie sich windet und dabei alle Herrlichkeit vorspielt, Herrlichkeit groß wie ein Mensch.

Das ist das Fernansichtsbild, das ist die große Aufführung am Horizont, die Aufführung Weib, irgendwo, in der Tram, unter Leuten, stehend an Ekken, schauend in Auslagen; die Auferstehung des Weibs in der Menge, die alles in Bann legt. Die Mauro immer umwarf und unvermittelt als Blitz traf; die ihn aufspringen ließ, Tische umwerfen und alles verlassen. Er starrt wie angewurzelt, totensteif steht er da. Sofort ist freie Szene geworden um dies fürchterlich Anzuschauende des zappelnden, bäumenden, springenden Fischs Weib, groß wie ein Mensch.
Da ist das Weibschiff, das gebietend vorüberzieht am Horizont, unwiederbringlich. Das schreibt sich ihm ein, das Bild, wie mit Messern geschnitten. Aber das zieht dahin hinter Glas, unantastbar. Das winkt, wogt und glänzt; ruft: ohne sich umzublicken. Zieht dahin, eingeschlossen in die durchsichtige Fassung der eigenen Schönheit. Das Gesicht mit den Augen (kaum hat er's erahnt): nun peinigt's ihn schon. Bösabweisend und rachsüchtig funkelt das Juwel in der verschloßnen Vitrine. Quälend gleichmütig schwenkt die feurigste, die dunkelste Flüssigkeit im unerreichbaren Glase. Starr steht er da, hingerissen, wie mit Stricken.

Und ist schon unterwegs, die Fäuste am Gürtel, ein Pfeil an der Sehne; wie in Trance folgt er der in ihm fiebernden Fährte. Folgt er – dem unerreichbar in ihm abgesunkenen Bild. Ließ alles liegen. Brach auf.
Aber du wirst nun sagen, Gabriella, hier auf dem Platze, wo die Leute schlendernd passieren und sich unter dem Portikus drängen, auch über die Treppenstufen zerstreuen ... Du wirst sagen, hier, wo wir sitzen, unter der Markise des Cafés, und hinter unseren Rücken schlendern die schönen Jünglinge unbeklommen zur Bar und bestapfen den glatten Marmor der Halle ... Du wirst sagen, gewiß, das möge so sein ein erstes, ein zweites Mal, aber danach? Und wie das auf Mauro passe? Du wirst sagen, du begriffest die Erdbebenwirkung solcher Einladung zum Spiel, zum Ewigen Spiel. Aber du wirst nie begreifen, Gabriella, daß eine Frau, die so am Horizont auftaucht, die so aufersteht an der Straßenecke, die so allein einen Platz überquert, daß so eine Frau immer das einzige Schiff ist, das überführt.
Zumindest für einen Mann wie Mauro, der nichts zu verwalten hat. Mauro ist vielen Auferstehenden gefolgt und vielen in ihn abgesunkenen Bildern

verfallen. Ihn schwindelte bald. Er sagte sich, wenn es ihn packte: wie will ich anders? Die Einladung ist ja schon eingetroffen, das Bild ja schon in mich gefallen. Wenn auch das Schiff noch ganz fern zieht, mit schwellenden Segeln, so fährt es doch schon durch die Kanäle meiner innersten Stadt. Das Spiel hat ja schon begonnen. Kann ich leugnen, was ist? Vergessen, verbannen? Aber wer vollendete dann die begonnenen Spiele? Wer versenkte die Schiffe in den Kanälen seiner innersten Stadt?
Er: selber nur einmal, er geriet ans Unausdenkbare und Schwindelerregende.
Eine Zeitlang empfand er dann die Einladungen wie rettende Schiffe. Wenn sie vorüberzogen auf Pflasterstein, wo das Rinnsal verschleicht, war es »Jetzt, jetzt beginnt's«, war es »Beginn«, das sie ihm zuriefen. An Bord des Rettungsschiffes glaubte er zu kommen, das mit allen Schiffsglocken Glück läutete. Er, ein Geretteter. Später sah er schwirrende Begräbnisse in ihnen, die er ergreifen wollte. Und dann, als er sah, daß er immer überlebte und sich deshalb selber als tot erklärte, waren es Rufe, dem Tod zu entsagen und wiederzukommen. Und eines Tages schied er endgültig aus aus dem Spiel.

Dein vonkopfbisfuß schwarzweißer Mauro lebt nicht unter uns. Geblieben ist ihm die heilige Dame, die soll mit den weißen Fingern im Schoße dasitzen und Segen spenden. Du bist seine Dame, Gabriella, glaub mir. Er legt ihr Rosen in den Arm.

Hier in der Bibliothek, im kalten Rahmen des Marmors, den die Bücherwände mir nicht verbergen, unter grün geschirmtem Leselicht, stelle ich fest: daß ich austrat.
Ich kam hierher aus Häusern, bin von einem Wohn- und Schlafhaus zu einem Arbeitshaus gegangen und glaubte beinahe fest an die Wege. Ich glaubte an die abgeschirmten, aufgeräumten Wege, an die Notwendigkeit einer schicklichen Gangart, an anständige Zeiten, Zeitbündel, solche der Arbeit und solche eines Fernseins von Arbeit, an Scheidewände, die Bergung, das Verbergen. Und nun bin ich draußen. Es fallen die Wände. Eingeht, was ist. Und da ist viel, ausgeworfen von Platz zu Platz und dazwischen keine verbindenden Stege. Häufchen freiliegenden Lebensmuts auf Plätzen und nicht unter Dach und nicht auf Sockeln, vielmehr im Freien, unter Sonne und

Windlicht, auch übelriechende, kaum erwartete, jedoch zur Kenntnis zu nehmen an der Luft.
Auf einmal wußte ich, daß ich draußen stand. Und habe es bekanntgegeben. Ich erinnere mich dieser Szene. Bei einem Empfang war's.
Die langen schwarzen Wagen wühlen immer noch den Kies der Vorfahrtswindungen auf, während in den Repräsentationsräumen die geglätteten Glasträgerherren (meist aus Diplomaten- oder Gelehrtenkreisen der damit überreich dotierten Stadt) immer gepferchter stehen und immer kunstvoller sich durchschlängeln müssen; während die duftend dekolletierten Kanapeedamen immer angeregter gurren, lachen, Brauen heben; während Stipendiaten, die vom Vergnügen des Hineingezogenwerdens rot erhitzte Köpfe zeigen, andere, unbeschäftigte, sich schon zusammentun und unauffälligen Abgang suchen; während die halb- und viertelsleeren Gläser auf der tieferen Ebene der Nipptischchen sich mehren und in stumme Unterhaltung mit krumenbesäten Schälchen treten: pflanzt sich auf einmal ein Abgetriebener, dem Anschluß Entratener vor mir auf und will unterhalten sein. Joviale Verbeugung, gespielt aufmerksame Zuwendung, auskunftheischender Blick.

Ich nenne meinen Namen, finde die Stunde vorgerückt, das Wetter schön, anhaltend schön, derart Empfänge himmlisch, die Leute zahlreich, gebe alles zu. Da, ein Gedankenblitz hat ihn erleuchtet, will er auf einmal wissen, was ich tue. Fragt huldvoll nach meinem Beruf, dem Zweck meines Hierseins, dem Grund solchen Vorrechts. »Hurenhirt«, gebe ich zur Antwort. Und wiederhole in ein zwischen Überhörthabenwollen, Neugier und Genugtuungerwarten unentschiedenes Antlitz: »Hirt der Huren, ich schaue nach ihnen, grüße sie.«
Es mag verstimmen und das Wasser zum Überlaufen bringen: eine Zeitlang war ich als Hurenhirt tätig.

Dir, Vater an der Wand, will ich mich mitteilen. Du hast Zeit, du sagst es nicht weiter, da du tot bist.
Gestorben und: Tod.
Einen kleinen, mageren, kantigen Abend, bleichen Abend, hatten wir. Mutter, Schwester, Großmutter, Onkel Oskar und ich. Als du starbst. In jener meiner damaligen Vaterstadt.
Alle Schienenwürmer hatten sich in die Straße

verkrochen, die Häuser hängten bedrohliche Falten und steife Buckel nach außen. Krumig das Nachlicht. Viel Ausgestorbenheit ist zwischen den blaßgrüngrauen steinstarrenden Wänden, die auch die schmachtende Fahrt eines letzten Tramwagens nicht aufhellt, der den geraden Straßenschlauch abfährt, mit sichtbar leeren Bänken und baumelnden Griffen, ein fahrendes Zimmer in trübem Stubenlicht, das unaufhörlich Zuflucht anbietet. Ein letztes Mal schwenkt es die warmen Fenster, dann entschwindet es endgültig in der Kurve. Ist keiner, der aufspringt. Wir nehmen den Weg über die Schanze, sie ist voll Gebüsch, sie ist finster. Wir eilen die Treppen der Passerelle hinunter, die über den Bahnstrang führt. Der Bahnhof faucht sauer herauf und leer, wir steigen in die Straßen der inneren Stadt, die Häuser sind glätter nach außen, grauer Speichel überzieht alle Straßen, die paar Leute gehn alle auseinander und wollen verschluckt sein. Ich komme ja sonst kaum da hinein, wenn man hin muß, sagen wir »Ich geh' in die Stadt«. Onkel Oskar geht über mir, er spaßt diesmal nicht wie sonst immer, er schämt sich. Warum? Wir müssen ein Sauerstoffgerät holen, sagte die Mutter, wo? bei der Sanitätspolizei, wo die Krankenwagen, die schrecklichen fahrenden Spitäler, warten, zur Sanitätspolizei in die Waaghausgasse. Wir bekommen eines herausgereicht in dieser hellwachen Garage, drei Krankenwagen stehn da bereit, wir laufen zurück. Onkel Oskar immer über mir, schweigsam und schämt sich. Hat sein freches schiefes Lachen abgestellt, wird weich in der Stimme, daß man etwas brechen und schmelzen hört. Bei der Anlage, die jetzt keine Blumen, nur Büsche, nur die greulichen kriechenden Kränze, schlimmen Verstecke zeigt, sagt er: »Lauf du voraus, lauf schon, aber schnell.« Und ich laufe unter den starr gereckten Buckeln der Häuser, die weit auseinander stehende gelbe Schielaugen haben, laufe unter ihnen durch und hinein und die Treppen hoch, die muffig breitsteinernen, ziehe mich am Geländer hoch, das sich im grünundvioletten Treppenhaus mit dem Düsterlicht ringelt, und wische hinein, es steht niemand im Flur auf dem rötlichen Kokos, der Gang reißt mich schwarz nach hinten, zur hintersten Tür, wo Licht ritzt. Da stehn sie rund um ein Bettende, Mutter, und Großmutter und Schwester; und der Arzt, der Hausarzt mit der papierdünnen sauberen Gesichtshaut und der Brille. Du liegst da, ganz weiß das Gesicht unter der Schwärze des Haares, groß die Stirn, liegst ganz still. Dann schluckst du, und es ruckt deinen Kopf hoch, den Mund willst du öffnen, aber da liegt die Zunge dick und versperrt, schluckst nochmals und heftig, daß der Kopf aufschnellen muß, fällst zurück und bleibst still. Und sie stehen dir zu Füßen, wortlos und verkrampft, und ich neben der Schwester. Bis der Arzt sich sanft aus unserer Fußendengruppe löst und diesen Krampf löst und dir behutsam die Augen schließt. Und sich nochmals unauffällig über dich beugt, dann aber die Instrumente gleich wegpackt. Und dann sehe ich ihn schreiben, den Totenschein hat er ausgestellt, heißt es, Onkel Oskar ist plötzlich auch da und verlegen. Schwester und ich dürfen im selben Bett schlafen nebenan, einem großen eisernen aus Frankreich mit gelben Knäufen. Alles ist überstill, eine anmaßende Stille hat sich in das Gewöhnliche geklemmt, und wir liegen in diesem mächtigen Stillstand, allmählich fahren wieder die Autos mit ihren Lichtbahnen über die Decke, sie brechen aus den Gardinen vor und streifen schief über Wände und Zimmer. Wir liegen erst wortlos, dann tuschelnd, Vater liegt ja da drüben unbeweglich und aufgehoben, was die andern tun, ist geheimnisvoll wie an Weihnachten vor dem Türauf zum Fest. Plötzlich fällt mir etwas von außerhalb aufregend ein, nichts Wichtiges, aber peitscht mich auf: die Bäume da unten im Garten der Kreißlers, wie sie am Morgen sind, diese Bäume mit der Morgenfanfare, wenn sie alles versprechen. Diese Bäume jetzt in der Nacht fallen mir ein und stechen mich am ganzen Leib, daß es prickelt. Und dann schlafen wir ein.

Eine aufgeregte Woche hatten wir danach, als Vater aufgebahrt lag und die Tante mit Mutter zusammen schneiderte und Besucher kamen, um den unsrigen Vater hier im Zimmer bei uns in den Blumen mit dem immer widerlicheren Süßgeruch anzusehn, er strahle in einem unerklärlichen Licht, sagen sie, er habe ein Licht, übernatürlich. Noch nie haben sie so etwas bei einem Verschiedenen gesehen. Wir besuchen ihn scheu und vertraut wie eine kostbare fremdartige Puppe, die uns gehört und doch nicht zum Spielen, nur zum Anschauen, noch nie war Vater so vollständig und vollständig da, und wir in unseren Extraanzügen und ich mit der schwarzen Schleife am Arm und dem Flor an der Schülermütze, schul-

frei haben wir, und nur die Tücher im Sarg sind übersteif.
Und viele Gänge gibt es zu tun, zu niegesehenen Ämtern, um den Toten abzumelden, auf daß sie ihn in ihren Listen streichen. Und sonst ist Tag draußen, und unser Tag ist vollständig wie immer: mit Garageplatz, Tankstelle, mit der Sandkiste und den Höfen, alles da, nur jetzt aufgespart und um so herrlicher da. Dann kommt der Tag, da Vaters Tod öffentlich und schwarzbalkig umstellt in der Zeitung erscheint, wir lesen es in dem Blatte, kommt das Anzeigenverschicken und dann das Blumen- und Kränzeerhalten, wir laufen immerzu an die Tür, müssen Trinkgeld bereithalten, die Erwachsenen haben viel viel zu tun, die Verwandten sind plötzlich ganz mit zur Familie gehörig, immer da, die Familie ist groß, und auch das ist ungewohnt, dann stellen sich eines Tags die Kutschen und der Leichenwagen vor dem Haus zusammen, so schwarz und steif und ohne Lärm, in einem Schaufenster von Leisigkeit, das sie zum Fürchten heraushebt aus allem, man weiß ganz genau um die Leute, die Nachbarn und Quartierbekannten, die nun im Tag einhalten, man wagt nicht zum Fenster hinauszuschauen, nicht

sich zu zeigen, und wie sie den Vater hinuntertragen, krampft sich etwas in der Kehle zusammen, wir wollen nicht hinaus zu diesem Gang und zur Kutsche, das geht viele Treppen hinunter feierlich und ist unaufhaltsam, das ist viel schlimmer als vor dem Verseaufsagen in der Sonntagsschule, viel schlimmer, nicht diese Treppen hinunter, nicht. Und dann war es doch nicht so schlimm und in der Kutsche merkwürdig. Eng sitzen wir beisammen, eng wie zu dritt in einem Handschuh, und das Schwanken auf hohen Achsen, und so ernst unsere Fahrt mit starren Blicken gradaus und schiefen aus Augenwinkeln durch die viereckigen Fensterchen, und so geborgen auch wieder unter der hohen Haube des Wagens. Und dann sehen wir die drei Frauen, schon in der Nähe der Friedhofeinfahrt, aber doch noch in schulvertrauter Umgebung, alle drei schwarz und todernst nebeneinander, eine Dreifrauenfront im Anmarsch, die Taschen baumeln aufreizend im Gleichtakt, und beim Vorüberfahren sehen wir sie von nahem, unser Dienstmädchen, die verstoßene Schwiegermutter eines Onkels, die in einer Mansarde bei andern Leuten haust, und noch eine, die Waschfrau? und die Taschen schwenken schlapp und

blöd zu den krampfhaft versiegelten weinbereiten dummen Gesichtern, und sie schauen uns an durch das Fensterchen, und ich schaue zur Schwester, und wir lachen los, zuerst unter dem entsetzten und strafenden Blick unserer Mutter, in deren Gesicht es auch zuckt, aber im Mund bitter erstickt, das Lachen, und wir lachen haltlos und lauthals, in der Kutsche, die ernst wankt, weil sie mehr steht als fährt, und die Köpfe der Pferde müssen überaus ernst genickt haben, und Stille verbreitete unser Zug über die Straßen, wie das Spritzauto Leere mit seiner breiten Sprühbahn, und alle Passanten wurden vom Blitz getroffene Säulen am Straßenrand und nahmen ohne Hast ohne Wort die Hüte von Köpfen, und wir fuhren sterbend vor Lachen in den Friedhof ein.
Einen Friedhof hatte ich seitdem, einen weiteren Garten zu den bisherigen.

Dir, Vater, der du immer in der Fremde gewohnt hast, nachdem dein Anderes Land verlassen war; der du tot bist und Zeit hast: dir versuche ich zu beschreiben, wie es kam, daß ich zum Hurenhirt aufstieg.
Bei Frauen sich unterbringen – die Möglichkeit

besteht immer. Und wie ich ihn kenne, den Kerl, der nun vor mir hergeht, hinein in den Abend, die Nacht, der eure, meine Sorgen abschüttelte, eh er entwischte und sich vornahm, nur eben etwas flanieren zu gehn –, wie ich den kenne! Er tut so, als handle es sich um einen Gang mit beliebigen Zielen. Doch wie er um gewisse Ecken wischt, dann hinterher den Schritt beschleunigt, das macht er schon schlecht. Ich weiß, wo er landet. Er will es nicht wahrhaben, daß auch er es weiß.

Langsamer geht er in der Nähe jener Portale, wo Portiers jetzt unter Leuchtschriftgirlanden wurzeln. Da verhält er den Schritt und läßt Stampfen von Bässen und Trompetenfäden in sich eingehn. Begierig zieht er die Strähnen verborgener Musik ein, bis sie in seinen Gliedern zirkuliert und angenehm die Stirn anfüllt. Die Reporterherde, die bocktümelnd hinter der Kunde eines platzreif gewordenen Skandals herrennt, von Taschen mit Blitzlichtgeräten und Apparaturen Schiefgezogene, das interessiert ihn nur scheinbar. Reine Zeitverschwendung ist solches Stehenbleiben, unnötige Angabe. Er wird sich ja niemals jäh entstandener Truppenbewegung anschließen. Auch an den hell erleuchteten Cafés brauchte er gar nicht entlangzugehn, das Lehnen der Leute in Korbstühlen und all die Gläser in Luft, beides straßenlang multipliziert und eingetaucht in ein hitziges Kunstlicht, sucht er ja gar nicht. Mauro könnte sich diese Wege sparen. »Vielleicht trinke ich rasch einen Schluck und mache mich dann auf den Heimweg.« Aber das steht außer Betracht.

Was sucht Mauro, was läßt ihn seinen Schritt fraglos hinlenken zu der Straße, wo die Mädchen stehen? Sich seidenweich emporwinden unter Bäumen, wo der Faltertaumel die Laterne zum Kristallüster macht? Wo diese Frauen zwischen Bäumen warten?

Er scheut seinen Behälter, seinen Namen, die Nummer, wenn der Tag sich im Abendlager entspannt, in den Klausen die Lampen angehen, aufdringlich Abendruhe ihn einkreist. (Hühner, die auf den Stangen hocken, Kopf in den Federn.) Er fürchtet die Wände mit den unbeweglichen kaltlassenden Requisiten, das starre Gegenüber im Warteraum, aus dem der Taggeist entfloh.

Tags ist es anders, da spielt es ihm auf, der Tanzgeiger geht voran, da ist's wie mit einem Guckrohr vor den Augen, das Augenfeld Taten rufend

und weit. Doch nachts, wenn nichts antwortet, da klafft die Seele wie ein Hosenbund. Woraus schöpfen? Sitzt als Verwalter seiner selbst in der Falle, und das Gepäck ist verschwunden. Sitzt, ohne Jahrringe, ohne Gewicht. Ausgeschlossen von dem Element, das jetzt dunkelt und schwemmt. Nur diese Unruh. Nur dies Windelweh, heulende Elend nach seelischem Dünnfluß. Das Augenglas undenkbar und kein Sternglas, kein Sterngucker ist er. Alles aus ihm geflossen. Gedächtnisschwund.
Harren ohne Identität.
Umgetrieben, eingezogenen Schwanzes, heißt es nun gehn.
Draußen ist es schon besser, und wenn er so geht, und die Wege schwingen auf den Fäden mitgenommener Trompete, kommt er sich vor wie ohne Namen. Die Randsteinkante begleitet den Schuh, ein Laternenscheinteich und wieder keiner. Auslöschen will er sich, auswandern. Als Kolumbus auf Reisen gehn. In Frauen ankommen. Parfum, Lippenrot, Stimmengeige, Lachkräusel. Zur glitzernden Porte wird ihm diese Nachtklippe, zur herrlich gezinnten Burg, reizend zum Umkreisen, Beschnuppern und Kennenlernen. Eine

Aufgabe mit einmal. Welche Verheißung. Welch ein Alarm in ihm drin. Da knöpft sich die Weste plötzlich herrenmäßig dem Hund. Er wird an der Aufgabe sich selbst erfinden; ein Garibaldi mit Feldherrenglück, ein finsterer Hagen, ein Dandy werden, ein irgend-Rollenträger auf niegesehener Szene. Schließlich er selber.

Da stehn sie, Wartende, und er umkreist sie, bis er sich aufstellt vor so einem Mädchen. Das tritt hervor aus dem Dunkel, angeknotet an seine Frage, spielt sich kostbar auf und ist einverstanden. Und im Wagen beschaut er sich den Fisch, den Fang, der seine Wahl ist. Noch ist sie fremd und geheimnisvoll ein Ganzes, dann schüttelt sich ein Lachen aus, das tief quirlt und wird den letzten Rest von Namen in ihm löschen, ja, und im Wagenfond beginnt schon die Fahrt, die durch das Unbekannt führt, immer tiefer in solchen Schacht hinein, und es bereitet sich die Neugierde auf das Licht am Ausgang des Schachtes. Es kühlt ihr Duft sein Gesicht. Die Fenster zeigen Straßen wie niegesehen.

Schneller Durchstieg bei einem kleinen Hotel; eher bescheiden, nicht beleuchtet, der Eingang. Paßhalt beim Portier, der ganz einfach der Besitzer ist, Pässe in Schublade verschwinden läßt, die Zimmernummer nennt. Treppenhochsteigen, immer an der Schleppe des Neuen, am Saum der Erwartung.

Ja, Mauro, du und ich, was mußten wir laufen, damals: bevor du aus dem Spiel ausschiedest und ich eintrat in die besinnlichere Rolle des Hurenhirten.

Der Hurenhirt
Als Hurenhirt wird keiner geboren, soweit ich absehe. Einer hat das Zeug dazu, ein anderer nicht. Auch bleibt man es nicht auf Lebzeit. Eine Zeitlang halt, das ist eine Phase, eine Stufe, was weiß ich. Ein vorübergehendes Amt, ehrenhalber.
Der Hurenhirt kennt die Straßen, die nie weglaufen, auch nachts nicht, da sie festgemacht sind. Sie liegen an lauter aufrechten Posten fest, und diese Posten sind Wimpel, sind Fahnen, wehende, glitzernde, aufregende Fahnen in Stille und Dunkelheit. Die Posten wechseln, sie stehen in Schichten, der Hurenhirt kennt die Schichten, die Stunden des Schichtwechsels. Und er kennt die

Säumerinnen am Wege, die schichtweis sich ablösenden wachthabenden Posten der Nacht.
Der Hurenhirt oder Hirt der Huren geht zu Stunden, da Wohlanstand schläft, diesen Straßen nach – oder (wenn ein militärischer Ausdruck vorgezogen wird) er schreitet die Posten ab.
Er sieht beispielsweise im nun nicht wiederzuerkennenden Eingang der Parfümerie Graziella stehn, sie trägt das weißseidene, das besonders enge Kleid, hält das rechte Bein vorgesetzt, so daß der Schenkel sich eindrücklich abzeichnet und anderseits natürlich auch der Popo knapp abgesetzt in die Silhouette kommt, ihre Hände spielen gedankenverloren an dem Taschenverschluß, ihr Blick weist in den Straßenschlund der Via del Tritone hinunter, die jetzt sehr geworfen, sehr schnörkelig braun erscheint, völlig ausgetrocknet und traumscharf; ihr Blick weist die groß daherziehende Leere in die Via del Tritone ein, natürlich ist es nicht nur der Blick, vielmehr ihre ganz in Schauen und Lehnen aufgehende Haltung, die auch ein wenig Pose ist und bewußt Halbprofil anbietet und den Fall des Haars wohlberechnet dem Laternenschein zur Verfügung stellt. Sie summt? richtig, sie summt »ein Schiff wird kommen«, das

sie kürzlich im Kino gelernt hat. Ein Trupp Amerikaner kommt die Straße herunter, man sieht es am Schnitt der Jacken, die die pragmatisch harten Gestalten vornehm umschlottern, man merkt es am erahnbar baritonalen Gefälle des Redens, am typisch amerikanischen Ledigsein. Nun sind sie an eine füllige Blonde aufgelaufen, bilden quatschenden Halbkreis um sie, die oberhalb Graziella zwei Schritte rauf und zwei runter zu patrouillieren pflegt. Der Hurenhirt ruft »ciao« zu Graziella, und sie schwatzen ein wenig. Manchmal winkt sie ihm zu, wie vom Motoscooter herunter, wenn er einmal eilig daherrennt und sie nicht beachtet hat. Der Hurenhirt hat viele solcher Bekannten, darunter auch manche, die vor ihm haltmachen, wenn sie in der unanfechtbaren Gruppe plaudernder Mädchen daherschlendern, es ist noch zu früh, vor Schichtbeginn und zu früh zum Postieren, und sie sind eben auf dem Weg, schnell ein Sandwich zu essen, einen Espresso zu trinken. Die eine oder andere gesellt sich zu ihm, um zu plaudern, während die andern warten. Er kennt solche, die seine Unterhaltung auch dann noch schätzen, wenn Eckensteher oder Herumkreiser längst zu verstehen gegeben haben, daß sie nur auf den

Moment eines risikolosen Auftritts warten. Sie lachen in die Luft, nesteln an Handschuhn, während sie sich liebenswürdig mit fragend erhobenem Näschen und lippenstiftfeuchtem Mund näher heranbeugen, um Teilnahme zu dokumentieren, »und glaubst du wirklich, daß sie dir die Aufenthaltsbewilligung entziehen, jetzt, wo's dir schlecht geht?« und echte Entrüstung faucht aus den gerunzelten Brauen. Und er erkundigt sich nach dem Ergehen des kleinen Knaben bei der Nonna. Nach dem Abzahlungsstand des neuen Mobiliars.

Der Hurenhirt mag diese merkwürdige Versammlung in aufgeräumter Stadt; die raffinierte Choreographie solcher Straßenparty, die in den Mauern, an nachtschlafenden Steinen, statthat. Er liebt es, die Riesenzwischenräume zwischen Grüppchen und Grüppchen, Gruppen und Einzelnen zu empfinden; die nachtmärisch abwesend zur Verfügung stehende Stadt: so abbestellt das Leben. Und er liebt die Tapferen, die dagegen wach bleiben. Sie sind die einzigen Menschen zu solcher Stunde. Er geht sie besuchen, er trägt ihre Konfidenzien fort.

Er liebt das Wachen. Die Durchhaltenden liebt er. Die Wortlosigkeit, die echten Münzen der Kame-

raderie in den Wortlosen. Das Wachsein im Abgeschiedenen.
Schon als Junge liebte er das. Wußte nicht, was ihn veranlaßte zu wachen, hatte aber das Gefühl von feierlichem Dienst. In der Mansarde, wenn er sterbensmüd durchhielt und einfach saß, den Weichungen von Licht, den Aufhellungen in der Strömung Dunkelheit, dem Dröhnen der Stille nachhing. Immer leerer das Eigengehäuse, immer transparenter die Wände, die wahre Tempelreinigung, dies, weg die Gemüseblätter des Alltags. Nur noch der Schattenüberwurf der Wolke hoch über sich, eine Zitterströmung, ein Auftrieb, grundnah gleitet der Fisch. Man muß sich als Toten betrachten, um mit den Dingen umgehn zu können, die nie zu fassen sind. Nur dem Toten nähert es sich leis. Man muß abgeschieden sein wie die Straße zur Nacht, die ihre Steine ins Lichtlose wölbt, die ihre Räume leerhält, unangezündet, verstorben. Alle Geschäfte ausgestorben, alle Häuser tote Fassaden, alle Plätze verschieden. Viel viel Raum unbeweglich. Viel viel erloschenes Steingrau. Einige Vögel. Überlebend. Wirbeln und verschwinden. Alle Plakate, alle Anschriften ermattet und ohne Sinn, ohne Werbung. Nur die paar Frauen, die in

die sehr hohen Straßenschächte emporsehen, das Rascheln der Handtasche ist ein Riesenlärm. Und dann die eine Cafébar, die um die Fünfe aufmacht und alles sammelt, was noch oder schon auf ist im unwirklichen Zwielicht, auch das kennt der Hurenhirt. Ja, und die Pressen des Zeitungsverlags stampfen, dies ja. Da steht auch ein großer Wagen, der Rollen von bleichem Papier hinbläht. Und die Augenhöhlen schmerzen, die Cafébar aber ist heiß von Dämpfen und isoliertem Licht und heiß von Menschengewühl, das sich hineindrängt aus der sonst leeren Stadt, als wäre hier und nur hier Noah und nicht stadtweit Unterschlupf genug. Aber die tun, als gäbe es kein anderes Plätzchen. Pferchen sich, angeln nach dem Süßteiggebäck, nach den Täßchen, recken Arme, Hände durcheinander wie Ertrinkende; Rettungsgriffe an die Theke, das bohrt sich rücksichtslos in zerknitterten Anzugstoff unempfindlicher Herren, keiner gibt acht, und gespenstisch wie Maskerade wirken die Abendroben, die hier endgültig eingestampft werden, alles lehnt, klammert, klumpt sich aneinander, alle kauen inbrünstig, schlucken, heiß ist das Gebräu, und nur der Barmann ist aus einer anderen Welt. Wer sich kennt und hier wiedererkennt, hat nicht mehr die Kraft zum Grüßen, es reicht eben zu einem ausgepumpten Aufblick, und stickig ist es. Doch: draußen sticht schon die Ahnung von Tageslicht feindlich ins Auge, sticht bös in die schmerzende Haut. Und die abgelebte, schnell sich erholende Straße ist kein Aufenthalt. Schnell wünschen sich alle, ein verdunkeltes Zimmer zu erreichen und wegzutauchen, wenn möglich ganz zu verfallen. Auch das kennt der Hurenhirt.

Der Hurenhirt steigt aus gewöhnlichen Publikumsschichten in sein Amt auf. Einst unterschied er sich kaum von anderen Kunden, die da herumstreichen, sich annähern, um Fragen zu stellen, Zumutungen zu erheben, Ansinnen zu richten, erhört oder abgewiesen zu werden. Zu Anfang war er ein Kunde wie sie.

Lief da beispielsweise mitten am Tag und mitten unter Spazierenden an eine heran, die er instinktiv herausgefühlt hatte aus der Menge in der Sonne, spazierte ab mit ihr. In ein Zimmer, das weder ihr noch ihm gehörte. Ein unannehmbares eigentlich, eben für kurze Zeit freigegeben von verschwiegener Matrone oder sonstwem, ein allzu bewohntes Zimmer. Ein Eingang, an den er herangeführt wird, die Straße unbekannt, ein Eingang, gewöhnlich und allen anderen gleichend in diesem Viertel, wo er noch nie war. Die Nase wittert sich ein in diese Hauswelt, er fühlt sich diebisch ungeheuer, möchte nicht als Eindringling ertappt sein. Eine Tür, vorsichtig geöffnet, dann ein Flur, muffig, gerüchig, privat; Türen schließen die nicht freigegebenen, also möglicherweise von Wohnungsleuten, die sich still verhalten, jetzt bewohnten Zimmer gegen den Flur ab. Der Flur kaltdunkel. Eine Küche ist zu durchqueren, dies machen sie schnell, geradezu huschend. Dann sind sie im ihnen bestimmten Zimmer angelangt und darin. Es wird, nach Umdrehn des Schlüssels, oberflächlich und etwas stockend ins Auge gefaßt. Die Läden heruntergelassen, an den Schrank anlehnen. Sie schauen sich an, tauschen verschwörerisches Lachen, eingesperrt sind sie nun zu zweit, uff, ist es heiß und stickig, die Straße zetert herauf und gegen die Läden des dunklen, des abgeheimten Zimmers, die Sonne fingert an den Ritzen der Jalousie, uff, ist es heiß. Der Raum ist nun sehr klein für zwei Zusammengesperrte, die sich nicht kennen. Laß dich anschauen. Sie wirft die Mähne lüftend mit untergeschobener Hand, seufzt ein wenig über die Kühlung, faßt ihn scheu mit Augen an. Wie ist der Name? Tiziana? Komm, setzen wir uns. Sie lauschen ein wenig den Geräuschen draußen, aus ihrem Versteck. Deine Schultern in Händen, komm heran, deine Brust, was lachst du? haben wir's gut oder nicht? ein Laster rattert vorbei, in der Wohnung ist eine Tür gegangen. Dein Hals unter der kletternden Hand, dein Gesicht hergewendet, in meiner Handhöhle, deine Augen, nein ... dein Mund. Verdunkelst die Augen, lachst überhaupt nicht mehr, Jalousie fiel darüber, schaust durch undurchdringliche Jalousie her zu mir. Deine Haut unter schnuppernden Lippen, deine Lippen. Uff, ist es heiß, diese Hitze in der Stadt, hat wer was gesagt? aber deine nackte Haut ist viel wärmer noch, wo hast du die Augen beim Küssen? Du, Frau, in abgeschlossenem unbekanntem Zimmer über einer Straße, die man wohl hört, nicht kennt. Dein Leib. Deine Schenkel, ein Beben in der Stadt? welche Stadt? wer? Eine Gefundene, ein Gefundener. Das Zimmer. Wieder dein Leib, dein Haar, Haar einer Tiziana fließt über den Gefundenen, wenn du dich beugst. Diese nackte Haut in Händen. Deine Augen wechseln ins Leere, leeren sich und werden noch größer. Du willst,

ich will. Diese Anreise, lang zaubernde Anreise ohne Gedächtnis, bis die Reisewagen verkoppelt sind. Und dieses feste verschlossene Stück miteinander, während es regnet, Gewitter schwillt und man sich einbildet, wie die Erde nun trinkt, die große Erde, und der Regen einfällt geradlinig in vielen dicht gestreckten Fäden ... und, uff! ist es heiß, haben wir geschlafen? wie spät mag es sein? das Lärmen draußen heftiger am Fenster, sehr vielfältig raunend geht es da draußen bestimmt gegen Abend. Laß dich anschauen und wiedererkennen, dies Lächeln, komm, wir müssen gehn, laß dich anschaun beim Treppenniedersteigen, niemand, der uns begegnet und wenn auch.
Auch er winkt, draußen. Auf Wiedersehen. Dieser starke Verkehr, was? schon so spät? Und nun biegt er um jene Ecke, richtig, nun kennt er sich wieder aus. Sieht eine Weile bloß mit zunehmend wiedererkennenden Augen Straßen, Geschäfte, dann überfällt ihn, mitten im Gedränge, verspätete Post. Gefühlspost, die sich selber zitiert: »Ich segne dich, segne dich über die schade Breite, die uns trennt; dich Kauernde, Pflegende, mit Augen, die den Gefundenen anstarren, wie Augen durch den Türspalt den steigenden Fremden im Treppenhaus,

dich mit diesen Augen! segnet dieser Fremde, genau dieser, der nichts mit dir zu tun hat; steh auf und geh, er gibt dir Leben. – Ich amtiere, kommuniziere, ich zelebriere –« heißt es in dieser Post.

Und so war gemeint, mein Vater, dies Ankommen in Frauen. Nicht über Reden, Besichtigen: der Mann über die Frau. Nur in einem dortigen Zimmer die Kleider neu anlegen. Nun hat er seine Haut, seine Hände getauscht. Nun ist er eingetreten, Städter geworden. So war das, bevor er aufstieg ins Amt. Amt eines Hurenhirten.

Einen grünen Friedhof hatten wir, der war so friedlich vorhanden. Einen Friedhof mit hängenden Wegen unter Platanen, mit vielen Quartieren von Gräbern. Eine ordentliche ruhige Friedhofstadt in der Stadt. Als ich klein war. Und ein Grab. Das läuft nicht weg. Der läuft nicht weg, der darin ruht. Der ist so sicher nie vorhanden gewesen wie da, mein Vater, unter dem knappen länglichen Beet in der steinernen Fassung mit dem Immergrün, dem Strauch und den winzigen kränzenden Blumen. Den kann ich gießen, meinen Vater, da unten im Grab.

Um den Friedhof läuft eine hohe helle Mauer, über deren Rücken Fabrikschlote und Krane äugen. Die Mauer, hoch, unübersteigbar und dick, schneidet ein Riesenstück aus der Stadt. Diesseits läuft die Tramlinie Nr. 2 ihre letzte Schleife, und zwar in staubigen Büschen, vor ihnen hat der Verschönerungsverein Bänke aufgestellt. Gegenüber haben die Grabbildhauer ihre Buden, haben fertige und halbfertige Steine hinter Lattenzaun stehen, viele Engel mit Schwingen darunter und oftmals die geknickte Rose. An die Zeile der Grabbildhauerbaracken schließen sich die säuberlich duftenden Gärtnereien, an diese Loebs Pferdehandlung an, die um einen Ton dumpfer und herber riecht, Salmiak mischt sich ein. Nah ist der Güterbahnhof mit Vorfahrtswindungen, die zu den Verladerampen führen, und unter ihnen beginnt die weite schienengekämmte Arena, die der Eisenrost betäubt.

Drin ist es anders. Ahorn und Platane begleiten die asphaltierten Straßen, die leer und hell ins Innere strahlen. Es quietscht das hölzerne Rad der Gärtnerkarre über solche Wege, und doch bleibt die Ruhe ewiger Erwartung bestehn: über den Begräbniszug hinaus, das schwarze Häufchen, das doch zur Tagesordnung gehört, die Gärtner und Unkrautfrauen nehmen kaum Notiz davon. Ungestört kitzeln die Schatten der Zwergtännchen das kurzgeschorene Gras weiter. Ständiger Gast ist die liebe Sonne, das Licht, die schläfrig wiegende Luft; in ihr ist die Hummel ein Aeroplan, der dröhnend summt, indem er hängt oder rückt. Dann fliegt er in versunkene Städte hinter Buchsmauern ein. Ich mache viele Abstecher in solche Städte und Dörfer. An runden Wegen, die ins Buchsgrün holpern, sitzen Steine, windschief, jeder ein eigenes Gärtchen im Schoße, starrende Namen auf der Brust, oft das verrostete Foto des Toten in ovalem Rähmchen. Der Tote schaut mit gezwirbeltem Schnurrbart, die Tote unter häuslicher Haube, beide schauen lebensvoll, unwirsch aus dem Stein. Bald gehe ich durch ländliche Gegend, da rieseln Nadeln trocken auf Erdhaufen, da rascheln Vögel, die Amsel unterbricht ihren hüpfenden Gang und schaut mich schief an. Dorfplatz ist der Sodbrunnen, außen Findling, innen unergründlich schimmernde Kachel: blau. Man kann aufs Blau sitzen und in die Atmosphäre abfahren. Ich mag die Unkrautfrauen, die breitbeinig über viel zu kleinen Beeten kauern, daß es aussieht, als hockten sie über Becken. Ich liebe die mageren, braungegerbten Gärtner, die Diener an Blume und gemeißeltem Namen; ihre Karre, die ins Laubfuder gesteckten Rechen. Manchmal treffe ich sie zu mehreren über Äckern. Gebein-Ernte. Da wird ein ganzes Totenfeld umgebrochen, zum Brachfeld bestellt. Dann wieder finde ich mich in ausgesprochen städtischer Gegend. In Denkmälern, hinter kunstvollen Schnörkelgittern, ist beachtlicher Bürgerluxus zu erraten, so Spiegel im Entrée, hinter flüchtig eingestellten Blumen, verschwebender Zigarettenrauch darüber, und es verklingen die bösen Worte ehelicher Zänkerei, die die Gattin zum Haus hinaus jagten. Manche Gräber können nicht schweigen, sie sind klatschhaft in vorgetäuschter Verschwiegenheit, deuten unmißverständlich an, was einst eifersüchtig behütet blieb. Schön sind Familiengräber. Sie halten Abstand, sie ziehn sich vornehm hinter Gitterportale zurück. Sie halten ganz anders zusammen, solche Familien, Sippen, sie geben nichts preis, verweisen höchstens auf den leider angerosteten Stahlhelm, der wiederum auf den früh, viel zu früh und ausgerechnet im Soldatenwams und in der Vaterlandsehre abberufenen Sohn hinweist. Und dann ist da

auf einmal eine Saat gleichförmiger Steine, die ein Feld anfüllen: Soldatenkreuze.
Ein Gebräu von Verfaulendem in steinerner Vase, Gärungsteiche wie von schwimmendem Öl und erweichte, gebogene Stengel auf Braunbier. Wie roch das herrlich, wirklich; weithin in Landschaften, zu Quellen führend.
Nie war Vater so untergebracht gewesen wie da. Hier hatte er einen Ort und war zu sprechen. Ich goß den sudelnden, schwänzelnden Strahl aus der Gießkanne über seinen schmalen Landbesitz, ich legte meinen Schatten über sein Immergrün und konnte eine Sägerei hören, und manchesmal kam eine schwarzverschleierte, noch junge Frau den Weg herangewankt. Gebogen erstarrt sie vor dem aufgeworfenen Hügel ganz in der Nähe, dessen noch feuchte Erde unter Kränzen und Bändern und Schleifen stöhnt. Ja, man konnte ungestört in alle Häuser eindringen, damals auf dem Friedhof, den du mir schenktest. Und nie warst du früher so ruhevoll dagewesen für mich. Zu Lebzeiten jedenfalls nie. Ein bißchen vielleicht im Garten der Lauterburgs, am ehesten da. Ich bildete mir immer ein, die nach Tanne und Tee duftenden Stufen zu ihrem Haus mit dem prachtvollen Schatten-

garten dahinter seien von deinem Fuß durchgetreten, sie bewahrten deinen Schritt. Bei Lauterburgs gab es dich ein wenig. Wenn du dort saßest, herausgehoben gleichsam, weil die Hausherren dich als sehr sehr verehrten Gast behandelten und umstanden und ich dich sehen konnte im perlgrauen oder staubgrauen Anzug, die Stirn hoch, hoch und frei, das Auge dunkel, in den kleinen weißen Händen den Stock: du, geliebt von Fremden, du, verehrt, mir verehrungswürdig ein Vertrauter. Und nun im Grab. Und läßt gedeihen hier dein Anderes Land, das du mitnahmst. Gib es mir her.

Den wir ausschickten, mich auf damaligen Plätzen zu suchen, was hat er hergebracht? Bloß den Hurenhirt. Eine Rolle, nichts weiter. Sollte es sein, daß man nur in Rollen wandelt? Was bleibt vom Dahingegangenen? Eine Legende. Wer bewahrt sie? Der ihn kannte. Aber da sind einige, die ihn kannten. Und jeder müßte eine Legende verwahren. Gut: ich kaufe meine Legenden. Muß nun Leute bemühen aus jener Zeit, sie bitten, mich zu bezeugen. Mir meine Legende zu überlassen. Steht auf, helft schreiben. Ich brauche Legenden.

Da ist Piet. Klein und zusammengefaßt wie Landjunker und gleichzeitig wie spielendes Kind. Spitzgezipfeltes Ostgesicht. Haut wie Mörtel. Piet. Tritt auf, mein Kumpan.
Bei einem der ominösen Empfänge eurer Akademie ist's. Damen der Kolonie durchstehen wogend die Räume, Würdenträger treten, von den Sälen besitznehmend, in Türrahmen und lassen ihre weittragenden Organe erschallen. Und Ziele finden. Dann sind auf eher unbequemen Stühlen jüngere Leute zu erblicken, die nicht ganz glücklich scheinen, Stipendiaten wohl, die sich für mögliche Fragestunden bereithalten. Der riesige Tomking durchwalzt mit Allüren einstiger Salonlöwentätigkeit die Salons, aus gewaltiger Körperimposanz küßt er Hände, und sein ganzes Beschützerpotential steht breit über der beglückten Dame. Dann wieder sieht man ihn pausieren, weil ihm das Herumstehn auf die Nerven geht, kleine Unmutszukkungen sind um seinen Mund zu bemerken. Jetzt hat er sich das Haus zu eigen gemacht, untersucht Zigarrenkisten, gibt sich mit halber Aufmerksam-

keit für eine Stehgruppe her. Schließlich nimmt er entschieden Kurs auf die Gastgeberin, führt sie ab in einen Winkel, wo man Radio und ähnliches vermuten darf, hebt hilfsbereit Deckel, stöbert schmunzelnd in Plattenstößen, macht Musik und eröffnet, Hausherrin schiebend, die Tanzdiele in der Villa.

Dich sehe ich jetzt heranschlendern, mit einem freundlich selbstverständlichen Gehaben, mit Junkerngehaben und unverkennbar grundbesitzerischem Bewußtsein. Wir sprechen sogleich einigmachende Dinge. Und kurz danach sitzen wir für uns um einen runden Tisch am Rande, nein, nicht für uns, da sitzt ja dein andersartiger Freund, der aus völlig anderem Holz geschnittene Balbek, dabei. Dunkel und höflich abendangezogen, kantiges Gesicht mit dunkeleifrigen Augen, geht er sogleich sehr dringlich auf den Neuen ein. Und während wir Enklave bilden und herausfordernden Gesprächsboden betreten, jedenfalls erfordert er wildere, freiere Gesten, schmilzt alles Einzelmäßige des Abendempfangs in Alkohol und Musik dahin, die Musik gießt sich in letzte Lücken und Pausen, bringt die Leute zu- und durcheinander, facht alles an. Schon schlagen Lachspritzer über die Murmelebene hinaus, um den Dichter im hauchgrauen Seelengewand scharen sich Mädchen, zwei gesetzte Herren haben sich in Hula-Hula-Verrenkungen eingelassen und ziehen die letzten Gesprächsledigen auf sich, und Stipendiaten haben sich mit Flaschen und Geschichten ein Biwak errichtet.

Bei den letzten unübersehbaren Abgangsbewegungen, später, hast du, Piet, uns Richtung Piet-Atelier zu folgen genötigt, wo es weitergehen soll, und da haben wir die Bekanntschaft besiegelt, ungeachtet des nun burschenhaften Benehmens des Dichters, dem inzwischen das Seelengewand geplatzt ist, ungeachtet des unaufhörlich mit Flaschenkorken monokelmimenden sonst köhlerartigen Malers, der außerdem mitgehalten hat.

Atelierbesuch anderntags. In der Atelierhäuserreihe am Kiesweg, hinterste Tür die deine. Auf Schildchen dein Name. Und während wir klingeln, dann warten, haben wir Zeit, diesen Park zu betrachten. Diesen Deutschrömertraum mit Toteninselzypressen über hellschimmernden Kiesschlangen und -teichen und in schwarzen Flammen die vielen Büsten. Und ganz hinten bleiche Aurora: die Villa. Die ist zu Empfängen da.

Piet Pitwik, wenn er sich über seine Leinwände beugt, die er am Boden bemalt und mit Schriftzeichen anfüllt, bis es dichtes Malwasser wird, Spiegel! oder vernutzte Wand mit Zeichen und Runen: da glitzern Stadtlichter und Katzenaugen unerfindlich und krabbelt versunkenes Heidentum wiederkommend. Und er ist wieder über eine neue Leinwand gebeugt, er gleicht einem Pegelstandmesser und Landvermesser, auch einem Feldherrn überm Kartentisch. Ja, er hat seine Gebiete, sein ermaltes Reich. Und darüber hinaus genaue Ideen von der Beschaffenheit dieses Landreichs, seinem Wachstum. Führt Buch darüber.
Alle Wände stehn voller Pitwiks, und er ist immer an der Arbeit. Steht regelmäßig früh auf, um das Tageslicht zu nützen, unbeirrbar.
Ein prüfender Blick, er wirft seinen Malerkittel ab und die Joppe über (wie er damals, im Jahr Null, den Waffenrock mit dem Malerkittel vertauscht haben muß) und ist bereit zum Ausgehn.
Ich sehe mich aus seinem Augenwinkel: ein bißchen Schwerenot in Taschen, Unruh in Falten. Ledig. Und nur den Pfiff auf den Lippen. Ein Trippler, komisch, ohne Ausweis. In den Fängen dieser Stadt, die ihm nichts anhaben kann. Was schert ihn

Rom? Kapitale, die er besucht, beehrt, benützt. Und ich? Getrieben. Verstrickt an das Ding.
Piet Pitwik ist Ich-Mensch. Unternehmer, Explorateur. Im Auto versinkt er in Pilotensitz und Pilotengehaben. Es flirren die Propeller, und der Wagen hat den großen Schnabel, der sich lautlos in die Luft saugt (auch beim Schrittfahren), und er ist das Adlerauge hinter dem Schnabel. Mit ihm ist es angenehm und sitzt sich's angenehm an der Straße, mit ihm und seinem unverbrüchlichen Hinterland. Er ist dann beurlaubt, aber keineswegs erschöpft. Als Spielkind und Junker schaut er in dies Rom und auf Mädchenbeine. Unverwundert. Er kann kleine Schweinereien aus seinem Mörtelgesicht lassen, er kann sich Sentimentalitäten leisten – und gibt sich keine Blöße dabei. Doch sind da auch Undichtigkeiten in seinem Gefüge, durch die ihm in Lachbächen, in plötzlichen Beredsamkeiten, Unerwartetes entwischt. Auf diesen Rinnsalen setzen wir Schiffchen aus und schauen ihnen zu. Er nennt mich Bruder. Warum? Ich soll sein anderes Ich sein, das bei ihm keine Zeit hat. Und so hängt er etliches seiner freien Phantasie, seiner Neigung, was weiß ich, an den Gedanken meiner Querfeldeinlümmeleien in Freiheit. An

meine müßigen Bummelwege. Und jede meiner Kaprizen, die er zu Ohren kriegt oder erfindet, dekretiert er unverzüglich zu formbeständigen Zügen meiner Person und zu ehernen Daten meiner Vita. Gut, ich will dein dispensiertes Ich, dein freistreunender Bruder sein, will für dich und deine Augen auf lauter melodiösen, lieblich skandalösen Stegen wandeln. Und ich adoptiere für mich und mein Warten die Ruhe, den Verlaß deines Reichs. Nehme mir Ausruhung in deinen Stillen. Wir sind zwei wandernde Lehnen füreinander. Einer des andern Urlaub.

Wir treffen uns häufig, bei dir oder – im Rosati natürlich, wo die Künstler nach vollbrachtem Tagewerk zusammenkommen. Da glänzen die Dosen und Flaschen und machen die alte Caféhalle zur stillen Apotheke. Da pflanzt sich das Stehen der Künstlerleute durch die schattige Halle auf den Platz hinaus fort, wo die Korbstühle Landzunge bilden. Eine von sitzend Redenden und von Dazwischentretenden, Hinundherschlendernden übervölkerte Landzunge gegen den Platz, der solchem Aperitif mit Obelisk und Toren und Treppen und Kirchen den steinernen Kulissenhintergrund abgibt. Und noch aus lausig parkenden Wagen wird hereingeschrien und mitgeredet. Da ist ein jeder Vorhut, verwaltender oder verfechtender Anwalt seiner selbst; Anwalt eigener Position und Biographie, eigenen Ruhms – und also nicht frei. Ich aber bin es, ledig von Lebenswerk. Kann dir den Gesell für guten Abzug abgeben, auch den narrensicheren Erleichterer verhockten Disputs und jeglicher Festfahrung. Ich bin der lebendige Ausweg aus unliebsamer Konfrontation, ich sehe es ein, und meine unbekannten Tagewege bimmeln mit Schellen von meinem Jackensaum. Was weiß man von mir! Daß ich Freiheiten übe, daß ich werkledig sei, ein Naturell. Gewisser Verdacht scheint mir zu folgen: ich hätte römische Wege gefunden, die dir, dem Werkschmied, unbekannt bleiben mußten. Deine Hoffnung folgt mir, ich sei ein Versprechen. Ein endlicher Beginn würde dir Maler notwendig den literarischen Adoptivbruder, den Partisanen, liefern. So rechnest du doppelt mit mir, da in Rom. Doch, trag bei zur Legende, Piet, bezeuge mich. Du lächelst. Ich habe mich darauf nie einlassen wollen, sagst du; habe solches von mir gewiesen, habe behauptet – was? mein Platz unter der Sonne sei nicht hier, nicht neben dir, sagst du, sei wo? im Nachtlokal? Mein Platz unter der Sonne im Nachtasyl?

»Sie waren für mich sogleich ganz gegenwärtig. Sie waren abrupt da. Die Augen abgestellt auf den Dingen. Sie drücken richtig auf Ihr Gegenüber, wissen Sie. Ist dieser Druck naturgierig, neugierig? Will er ins Andere dringen, es verändern? Oder will er bloß antippen? Anrühren? Sie kommen jetzt in die Phase des Kults Ihrer Persönlichkeit. Aber danach werden Sie durchstoßen müssen mit all Ihrer Kraft, die noch brachliegt. Und grimmig werden Sie werden. Jetzt gestikulieren Sie bloß, mit Wachheit, zugegeben, mit Skepsis, gelindem Hohn. Das werden Sie eines Tages lassen. Sie werden die Lauheit, die Seichtigkeit keines Hohns mehr würdigen, wenn Sie erst einmal auf sich selbst zurückgefallen sind. Sie werden mittendurch gehen, grimmig werden Sie sein und durchstoßen. Und immer weiter durchstoßen.« So Balbek. Der Berliner Bildhauer Balbek. Großdenkender und blitzendgescheiter Kämpe.
Seine einnehmende Art verrät schon zu Anfang etwas tief unten Zerquältes. Da ist eine wartende Passion in ihm, die sich nur mühsam hinter

Freundlichkeit zurückhält. Die möchte überstürzt zum Partner finden. Aber schlechte Erfahrungen halten ihn zurück, und so bückt er sich denn in die Höflichkeitshaltung, begibt sich auch merklich unter sein Niveau. Kann die Menschen nicht lassen. Wirbt. Groß, schlank, dunkel, mit kantigem Gesicht und eckiger Brille. Er ist Agitator. Immerbeunruhigt. Allein. Rußland hinter sich. Wunderbare Mutproben. Besitzt Vorstellungen von einem freien unbilligen Menschentum, das nun gar nicht gefragt ist. Das er aber vertreten kann, mit einem Denkvermögen! steil! unrhetorisch, sachpackend genau. Durchgedacht hat er, wie es dazu kommen konnte, daß alles so faul, so eingedickt ist in bequemem Frieden. Eine private Menschheitsgeschichte hat er sich entwickelt zu diesem Zweck und eine eigene Kunstgeschichte und Kunstpsychologie dazu. Und er steht quer zu allem mit seinem starken Anspruch. Zumal hier in Rom, wo die Luft keine Berliner Luft ist und also die Menschen keineswegs ermuntert, sich aus dem bequemen Gondeln herauszunehmen. Und da er selber solch dumpfbrüderliches Trotten nicht fertigbringt, agitiert er.

»Ich behellige darum die andern«, sagt er, »weil

ich's nicht mitansehen kann, wie wohl sie sich fühlen in ihrem zum Himmel schreienden Trugschluß, in ihrem unerschütterlichen Gleichgewicht, das mich beleidigt.«

Balbek, wenn er auftaucht, den Kopf noch voll Arbeit, einer hartnäckigen Arbeit voll Rückschlag … wenn er aufsteigt, eben noch auf der Gasse unten, von wo er mit Rufen überraschte, und Treppen steigend sich konkretisiert zur vollen Erscheinung im wirklich guten und achtbaren Anzug, den er seiner Mitwelt, nicht seinetwegen anlegt, darüber das kantige kämpferische Gesicht unter schwarzer Tolle, das Gesicht mit der Müdigkeit: dann ist es unbemerkt Abend geworden hernach, spät. Wir haben Stunden anstrengenden Gesprächs hinter uns, besser, eines Einredens auf mich, und der Kopf quirlt, und Knoten bleiben zurück, und jeder Genuß ist ausgepeitscht, dafür steht nun der Horizont in den Zacken harter Gebirgsketten, die türmen Aufgaben auf, werfen alle Echos in bösen Erkenntnissen auf mich zurück, und ich kann nichts damit anfangen. Stehe nur da, aufgezäumt, eingeschirrt, trüben Blicks.

Und wenn es Nachmittag war, als er ankam, ist es jetzt knapp am kommenden Tag. Alle Tische geleert, die Straßen abgebraucht. Ich begleite ihn ein Stück weit, bis er eine Taxe findet, in die er sich müd verkriecht. Noch ist die Stadt voller Gräte, spitz, ein Gerippe und kein Aufenthalt. Dann kommt da langsam die heiße faule Nacht wieder, wickelt mich ein, und ich lasse es geschehen, bin froh um die heißfeuchten Wickeltücher. Er aber ist nun ein armer Hund, der nicht in die Hüllen kriecht.

Dabei kann er, bei der Arbeit jedenfalls, geradezu pfeifend fidel sein. Und da sehe ich mit einemmal tausendfach besser, was er sucht. Ja, diese Figuren, die haben etwas schlagend Uninteressantes. Da ist kein Detailhohn beschäftigt, da sind keine Tiefennetze versenkt; da werden keine Fühler benötigt und auch keine Rechenmaschinen gebraucht. Diese Figuren, keine vollendet, erheben einen Anspruch zu stehn, wie sie sind, gelassen dazustehn in ihrer durchaus nicht gefälligen Nacktheit. Die stehn entspannt und setzen sich aus und halten ihre Natur hin.

Aber dann kommt Balbek heraus aus seiner Atelierwelt, ahnungslos tritt er heraus und stößt auf lauter träg schiebende Leben. Duckt sich zunächst in die Freundlichkeitshaltung, aber auf ein-

mal zuckt ihm Unmut auf, über sich, über alle, es verzerrt ihn. Balbeks berühmte Einmischungen. Er sagt ihnen Wahrheiten, die keiner gern anhört. Aber die er verläßt, lästern nun hinter ihm her. Die werden unversöhnlich bleiben, mein Lieber. Keiner will sich auf Balbek zu ändern.
Balbek ist nicht erstickt, Balbek nicht eingedickt. Balbek bleibt blank und agil. Er kann jederzeit aufbrechen, und es wird die Sonne als Sonne leuchten und brennen, und man würde alle Glieder und Knochen spüren, frei sein würde man im endlichen Einsatz, würde die Augen behalten, die Gedanken nicht versklaven – wenn es so weit wäre. Es könnte herrlich sein. Aber leider hält das Leben nur wenige Feldzüge bereit, für die es sich lohnte. Wenige Feldzüge einem Balbek, meist nur faule Friedenszeit, und das ist nichts für einen Balbek. Denn der ist ein Streiter und kein Friedenskamerad. Im Frieden ist alles ihm feind. Und sein Werben umsonst. Und schafft nur Leute, die sich beleidigt abwenden. Ist Friedenszeit, Balbek. Alles freut sich der anhaltend hohen Zeit.
»Ach, ich möchte leben können, als ob es keine Zeit gäbe. Unbekümmert um die Probleme, die man uns aufzwingt durch die Verflechtung. Unbe-

kümmert um alle Tributentrichtung, unbekümmert um Ruhm. Will nicht zu Lebzeiten schon an einem Platz in der Geschichte herumbasteln müssen, nicht meine eigene Biographie vorbereiten. Ich möchte von alldem frei sein. Manchmal denke ich, ich sei da nur zur Panikzerstörung, zur Vernichtung konventioneller Gottesvorstellung. Zur Aufrüttelung. Ich möchte sterben, ohne Angst gehabt zu haben. Leben, als ob es die Zeit nicht gäbe, nicht die unsere, keine Zeit.
Gehn Sie bloß weg«, sagt er, »verlassen Sie diesen Betrieb, gehn Sie nach Rußland, nach Übersee, gehn Sie in ein weites Land, wo es noch Dinge zu tun gibt, tun Sie die und schreiben Sie darüber.«

Ich verstehe Sie, Balbek.
Abends jeweilen schnell aufs Balkönchen getreten, von einem Gespräch, einer Tagesordnung, einer Engnis fort. Die Lagerung der Siedlung, der Fluß, dahinter Gehölz und große Straße, Ausfallstraße, Einfallstraße, weiter hinten die Bahnlinie, dahinter Hügel. Der Feuchtigkeitsfraß an den Hügeln, Laub, dieser Wind, der an den Häuschen knabbert, auf der fernen Straße rollen die Lichter, die die Wagen vor sich her tragen, als Lichtwehr, als

Leuchtpflug tragen, sie sind durch die Vergitterung hindurch zu verfolgen. Rollbahnsplitter in einer von Stadtbrocken angebissenen Winter- oder Vorfrühlingslandschaft, rüd und feucht die Erde und von krallendem Gestrüpp durchrauht. Dahinter die Bahn, die sich mit dem heiseren Seufzerpfiff ankündigt. Das Rollen. Rollen der Eisentüren, Eisenflanken, das Rätätätsch der Eisenräder über Schwellen sich vorstellen. Wie der blinde Passagier im Güterwagen hinausschaut. Er hat lärmverschattete Durchblicke auf Fluß und Siedlung, eisenverstelltes Winterland – ich weiß darum auf dem Balkönchen, auf der Empore und Estrade meines Privatlebens, wo ich dem Tagesordnungspunkt entschritten bin, ich sehe mich mit seinen Augen, einen Mann auf dem Balkon, Zigarette rauchend, im Dunkel der Hauswand steht er, nimmt einen Atemzug nächtlicher Landschaft in sich, ich sehe das Glühpünktchen der Zigarette, vom Zug aus, vom eisengerüttelten Reiseverschlag. Eine Augenbagatelle. Es gibt viele solcher Balkonmännchen an der großen endlosen Linie.

Einen kenne ich aus der Sicht unserer hinteren Fenster. Allabendlich ist er zu sehen, Herr Rötelnatz hat sein kicherndes Vergnügen an ihm, am

Anblick des Abendzigarette rauchenden Kauzes, an dessen Mekkaminute, wie wir sagen, Herr Rötelnatz meint, er rauche auf dem Balkon, weil seine Frau Rauchen in der Wohnung nicht gestatte. Dabei ist er nie mit Frau gesehen worden, er stellte sich immer allein dar, auf Einkaufsgängen, ein alter Geck, schwarz angezogen, im Frack, glaube ich, er trug den schwarzgewichsten Schnurrbart hochgezwirbelt, wie es längst nicht mehr üblich war, er ging wacklig und steif, mit Einschlag zum Tänzeln, taillebetont, er trage Korsett, höhnen die Kinder. Er ist jetzt mein ferner, mein versunkener Gesell.
Verstehe ich Sie, Balbek?

Als ich ein Schüler war, nichts tat, nur mich heraushielt, war immer im Geiste gebunden, wenn ich da ausfiel aus dem Betrieb, mich die Ahnung überkam, ein Beruf könnte sein, so vor dem Teppich der Erscheinungen zu sitzen, vor dieser Arena, den Schienensträngen, der rostbetäubten Sabbia mit den Funken, den Rauchstößen und -schwänzen der Lokomotiven, vor diesem zuckenden Vielgeflecht, am Rand der Fußgängerstraße, ihren Stoßzeiten, selber geschützt durch eine Hecke, die vielleicht den spärlichen Park zu Füßen des Gerichtsgebäudes einfaßt, die aber auch Blicke erlaubt zu Balkonen von Häusern, die citywärts sich wolkenkratzerartig in den Himmel stemmen, Balkonen, hinter denen man Familienszenen mitzubekommen wähnt, harte Worte im Rauch der Zigarette, während das Fuhrwerk der Güterzustellung wie ein Nomadengefährt den Berg hinanächzt; Erscheinungen, Nebeneinander, das in Atem hält, das ein angespanntes Beobachterauge am Leben erhält, den Beobachter in den Zeugenstand hebt, wer hat sonst Zeit? wer ist gleichermaßen unparteiisch wie er? wer kann die Hauptsachen, in denen die einzelnen wie in Gefängnissen sich auflehnen, wer sonst kann diese Hauptsachen entschärfen, diese scharf ragenden Wichtigkeiten niederstoßen in die Teppichebene des Vielgeflechts, kann den Teppich weben? Ein Beruf. Dies. Diese Ahnung. Damals. Diese Stichflammenmomente. Ich lebte auf, ich schoß auf wie ein Riese, sauste den Lift meines Inneren bis zu einer atemlos hohen Ausguck- und Andachtsstelle empor, stand auf einer Estrade, lauschend. Dieser Eigenbereich. Auf dem Ausguck. Die Augen unersättlich. Dies Aufmerken. Ganz hell, ganz durchlässig, ganz leer und voll, ganz entmenscht, ganz Ding. Und das Gefühl, der Teppich wäre nie auszuschauen, die Neugierde nie gestillt, der Atem atemlos immer, der Zeugenstand ein Abenteuer rund um die Welt, im Zeugenstand alarmhell alles. Solche Ahnungen. Damals.

Und jetzt, und das will sagen: unter dem grünen Leselicht in der Bibliothek, Villa Maraini, Via Ludovisi, muß ich ausrufen: Was ist, war nie einzunehmen mit Fassung und nie wieder einzuholen mit Erinnern. Plätze blieben und Legenden. Blieb ich herin, fiel ich heraus. Nur draußen war ich drin, mittendrin ja, aber verlebend verlebt, verzehrend verzehrt.

Leben wir? Leben wir in der Zeit? Statisten auf Parties. Zu Hause ein Schrank voller Rollen. Verpasser.

Ich bin nur ein Strauß von Legenden, ein Fächer aus Plätzen, mein Vater, eine Orgel, die nur Auftakte keucht. Ich muß mich als Toten betrachten.

Und doch lebte ich, und es lebte um mich. Aber wo wurde gelebt, und wo ging das hin? Bestimmt nicht auf Parties. Wo ein General alles Militärische ablegt und nur noch Onkelmann sein will (für jüngere Damen); wo Balbek in politischer Kon-

troverse das Faule aus den Ansichten der andern herausschnitt und konventionelle Gottvorstellungen zerstörte; Balbek am Enthäuten schlaffer Geschichte, Balbek im Begriff, sich unbeliebt zu machen; wo wir hinterher auf offener Straße zusammenbleiben und glatt über mich hinweggesprochen wird: ich fiel gar nicht mehr auf neben mir in eurer Legende. Sie hatten sich darauf geeinigt, meinen bimmelnden Alltagsrock statt meiner zu nehmen. Sie hatten sich darauf geeinigt, mein Platz unter der Sonne sei ja nicht hier, sei wo? sei im Nachtlokal? Mein Platz unter der Sonne im Nachtasyl?
Denke ich an den Rahmen beim Botschaftsrat, was blieb mir? Der Hinweg. Er führte wohin. Er führte zum Botschaftsrat. Brach auf den Raum der Erwartung. Und ich bemerkte mit Erregung, was am Wege blieb: die Oleanderbäume, die mit Zittern steigende Stunde, das Unwiederbringliche eines Wegs. Eines Wegs einer Jahreszeit einer Tageszeit, für den keine Zeit ist. An den Rändern solcher Wege staut sich das Leben, das nachher entfällt. Nicht die Heldentat – die entfällt in Legende: die Steinchen am Saume der Tat, die unbeachtet beiwohnten, an sie ging der Atem, sie könnten be-

zeugen. Wie war die Luft, damals, war die Wolke? was roch so und nicht anders?
Die Kathedrale für sich, wer würde sie anschauen? Der es muß: der Student. Aber die Kathedrale im Weiten, die die Erstreckung der Felder deutlich macht und mit dem Turmfinger die Luft, die Luft dieses Himmels dieses Landes: mit dem Turmfinger den ganzen Moment: die ragende Kathedrale ist's, die das erfindet. Könnten wir Kathedralen auf die Momente pflanzen, und sie erfänden für uns, was zugehört. An Kathedralen anrennen, um alles wiederzuhaben. Denn ich möchte endlich mit meinen Momenten zusammengehen, mein Vater. Muß deshalb nochmals zurück auf die Plätze. Will mich auf jenen anderen Platz begeben:

Grottaferrata

Ich finde vor: die Riesenagave im Garten. Die Kinder schaukeln gefährlich nah über ihre entrollten Schneiden hinweg. Geblähtes Röckchen wirbelt knapp über Agavenklingen in ein Himmelblau.
Pinien. Die Schirme stehen im Sonnenfeuer, knistern mit allen Nadeln in der Glutmasse. Die

Sonne wandert, und nun nähern sich die Schritte des Balls dem Meer, es folgt das kostbare Tauchen, erst einer Halbscheibe, einer Viertelscheibe, eines Segments: rot. Es bleibt der Himmel, der eine Weile noch in allen Seligkeiten schwelgt, dann erkaltet. Im Garten Landbesitzeraugen weiden lassen. Freistreunende Düfte in sich fressen. Dem hereinflügelnden Wind von Albanerbergen das Hemd öffnen, nicht glauben können, daß man da ist. Alles hamstert noch Tag. Die Kinder dürfen die Kräuter für den Sugo pflücken, Thymian und Salbei, alles im Garten.
Früh, wenn der Tag blank, mit gespülten Augen vor dem Fenster steht, die grüne Farbe der Kellerfensterläden mit allen Blasen weiter grault, neue Zäpfchen die Wege sprenkeln, die Eidechsen die Nadeln rascheln machen, Angelas Beingesang den Nachbargarten eröffnet, Laikas Jagdgeheul furiose Wege hinwirft, daß die verwegen gerissenen Haken schwindeln machen; wenn die Hupen frisch und dominierend trillern und wir schon vom Einkauf zurück sind, dem turmhoch beladenen Esel, dem Laubeselberg, schon begegnet sind und ihn also hinter uns haben für diesen Tag: sind wieder neue Schwertlilien aufgeblüht. Noch kleb-

riges Schwert zückt sich aus Blattscheide und steht querundspitz und reißt die Luft auf: blau, stufenblau. Und der Garten: Prozessionen des Blühens. Wir stehn unter Blütenwundern. Glück entsteht über Augenwege, weil Glocken aus Glück von diesen Sträußen in Augen fallen. Nicht Sträuße: jeder Baum ein vielarmiger Leuchter von weißem, von rötlichem, lila Blütenschaum. Jeder der Äste, ein jeder Zweig büschelweise besteckt mit weit offenen, schimmernden Blüten, und die Blüten nicht Fata Morgana, nicht Spiegelung: sind. Sind am Baumbrunnen. Der Garten voller vielverzweigter, feststehender Wunder, und wieviel Kraft am Grunde, die das auftreibt, entschleiert und offenhält. Und wir darunter. Können das aushalten. Das fällt blendend ein. Glocken aus Glück. Da hineinschauen macht schöne Augen.

Und unten der Lilie magisches Zeremoniell. Herausfordernd querstehend das entzückte Schwert, innenfrisch, bewacht den Flur des Blütenstaubs um den Stempel.

Im Garten Leuchteralleen. Wir sind umstellt, gesellschaftlich umstellt von blühenden Einzelwesen. Ausfluchtloser Natur. Müssen es glauben.

Ich schreibe auf heißer Steinplatte. »Die Zypressen und Pinien, in deren Gesellschaft wir leben, erregen mich inständig. Zuerst nahm ich die sprunghafte Kraft wahr, mit welcher jeder Baum einzeln sich im Auge Eintritt verschafft. Dann die Trokkenheit ihrer stofflichen Beschaffenheit, dieses knisternde Immergrün, das auf Haltbarkeit, Dauer angelegt ist, damit hängt der Ernst, die Wirkung der Verschwiegenheit zusammen. Diese Zypressen sind ein Strom aus rieselnden Nadeln; ein Strom, der austrat aus seiner Fassung und sich zusammenhält aus eigener Kraft. Frei emporreckt; die Sprenkelung mit silbrigen Zäpfchen scheint ebensosehr dem aufgespaltenen Himmel wie dem Baum anzugehören. Wenn van Gogh von den ›ernsten Obelisken des Südens‹ spricht, nennt er das Blau um sie herum ein Innenblau. So ist es: die Form des Baumes führt zur Täuschung, als bräche sie den Himmel auf und machte dessen Tiefentönung sichtbar ...« Solche Notizen.

Grottaferrata: Garten, die Kinder im Garten. Der Steintisch. Im Schlafzimmer, hinter geschlossenen Läden, summt das Licht wie in einem Treibhaus, wenn wir herumbalgen.

Du trugst Stulpstiefel und nur ein Mantelkleid, im Winter, bei Eislicht, Mauern aus Schnee. Ich sehe dich die Ausfallstraße hinausstapfen, dein Lockenhaar schüttert mit deinem Schritt. Du bist ein prinzliches Mädchen, das sich einen Weg vornimmt, den es nicht kennt, das sich übernimmt. Kein Gedanke an Gefahr, kein Gedanke an dich, nur dieses trotzige Gehn, dunkel ist's, und du willst nach Genf, ohne Geld, Winter, kalt, du trägst keinen Mantel, gehst in einer Wappnung, die nichts als Entschlossenheit ist, vielleicht Neugier, aber bar jeder Rüstung.
Läufst mir weg.
Ein entschlossenes Kind, still und wild, unwissend tapfer. Schläfst in den murmelnden Steinen am See, badest nackt im Fluß. Bist unbezähmt, träumst von dem Turm mit der Schaukel, die ganz oben an langen Seilen schwingt und mit dir schwingt. Gehst an alles heran, gehst deines Wegs, tausend Wagen halten am Weg, Scheiben werden heruntergekurbelt, nicken Geier durchs Wagenfenster, du fährst mit, unbeschadet. Bist am nächsten Wochenende wieder da, wieder mit Anhalter gekommen, bist ohne Mantel, gegen die Mäntel. Schaust mit Augen herein, die mich pfählen. Ha-

ben ein kochendes Blau, diese Augen, schauen offenbar, ernst, ohne Furcht, schauen an; schauen eigenständig aus dem Prinzengesicht, wissen nicht, wie sehr sie dich aussetzen. Du liebst dich nicht. Mit mir willst du sein, wir leben Tage und Nächte in der Mansarde, Orangen und Nüsse auf dem Koffer, das kleine Radio spielt, gibt das einzige Licht in dem Zimmer, hoch sind die Zinnen des Hauses, im Dachschlupf, der nach Mandarinen und Zigaretten duftet, deine Handschuhe liegen auf meinem Tisch und duften nach dir, im Dachschlupf, hoch, steigen wir aus unseren Kleidern und nackt in ein Bett, wachen auf, wenn für die andern tiefste Nacht ist, setzen uns zu Orangen und Nüssen, zünden Zigaretten, Tee, das kleine Radio brennt noch, die Kerze … Und gehst wieder weg, gehst prinzlicher Wege. Ich aber möchte nun deine Handschuhe ganz und dein Kleid immer in meinem Schrank haben, welch eine Unruhe, Eifersucht, ich lasse das Studium liegen, folge dir. Wochenenden auf Fahrt, die Wochenenden wachsen zu immer längeren Tagketten aus, gehn ganz in Fahrt auf. Du hast einen schönen weißen Mädchenleib, wenn die Stiefel ausgezogen sind und das Mantelkleid, bist ein prinzlich verkleidetes

Mädchen, bist eine Frau. Wir sind halbe Kinder noch in riesigen Betten von Hotelzimmern, am Morgen rieseln die Pappeln vor gemieteten Fenstern, kalte Feuer lodern steil im frühen Hauch. Wir rennen hinaus auf den Steg, wir rauchen und frieren, wir frühstücken verschwörerisch in der Halle des Hotels. Wir bleiben zusammen, wir heiraten geheim zwischen zwei Vorlesungsstunden, sind inkognito Ehepaar. Und später heiraten wir nochmals bei deinen Eltern, treten in die Kirche, legen uns Ringe an, sagen ungestüm Adieu zu all den Leuten und Gästen, fahren fort. Ich erfinde mir eine Anstellung und uns ein Einkommen, wir ziehn in unsere erste Wohnung, der Altwarenmaulwurf besorgt den Umzug, wir haben begonnen, haben Glück, haben noch Glück. Schweigen. Dein Gesicht ist das bekannteste, ich kenne es mit den Fingern des Auges, der Hand und den Fingern des Herzens. Du bist die genaueste Fremde, die's gibt. Und nun in Grottaferrata. Du in dem kleinen Haus und im Garten, wir bei den Sonnenuntergängen, in dem Familiespielen in Fremdlandmiete ohne Ablagerung. Ich halte den Atem an, wenn ich ankomme, habe Angst, es könne alles geträumt sein, du von der hohen Schaukel am Turmspitz, du vom hohen Turm weggeflogen. Doch du bist da.

Früh, wenn der Tag mit blanken Augen vor dem Fenster steht, muß ich auf, weil ein Briefbote anpocht. Ich öffne das Telegramm im Gehen, da steht kurz: »Mutter gestorben, Beerdigung Donnerstag. Vater.« Deine Mutter, die eben von Herkommen geschrieben hatte. Wir packen, du brichst einige Blumen im Garten, du bist ganz versteint, wir fahren nach Rom, der Bus der Linea STEFFER, die übliche Romankunft, ich beziehe Nachtlogis mit den Kindern, ich bringe dich an die Bahn, wir andern fahren zurück. In diesen Tagen setzen Stürme ein. Der Garten weicht auf, die Erde schwemmt ab, die mutterlosen Kinder heulen und wimmern, wenn's Abend wird. Ich muß sie einsperren, wenn ich einkaufen laufe. Tagsüber spielen sie festverpackt im diluvialen Gartenland. Plötzlich ein Geschrei: Valentin im Morast eingesunken bis zum Bauch, man muß ihn ausgraben, die Kleider kann man als schwere Klumpen in den Keller werfen. Kalt ist es. Aufgeweichte Stengel von Reben, alles erreichbare Hölzerne suchen, sägen, spalten, zerkleinern und verfeuern, Kampf mit Kamin, Rauchdasein, nachts wecken mich

Windstöße. Die Fenster sind weitoffen, der Wind im Zimmer, wirft alles durcheinander, die Vorhänge fuchteln, Schrecken erregend, oft reicht die Kraft kaum, um die Läden gegen den Wind zu schließen. Auch das geht vorüber. Du kommst zurück. Auch die Sonnentage kehren wieder. Ich muß von neuem nach Rom. Platzwechsel.

Man sagt: du hast es gut. Familie in Grottaferrata. Wer bin ich? In Roms Straßen ein Passant unter Passanten, aufrechter Schattender unter Schattenden, auf Pflasterstein, über Unrat hinweg, angeschnauft von Wagen, gekreuzt, gekreuzt von anderen, im Gebrüll eines Verkehrs unter einem Tageslicht, das die Schaufenster spiegeln, vorbei an Monumenten und Bars. Wer? Einer, der sich als Passant empfindet. Seine Beine staken durch Sonnenglast, die Mauer aber ist schwarz und kalt, und aus Fensterschlitzen hört er Schreibmaschinen zischen. Gekreuzter, Schattender. Auf Platzinselchen, Minutenplätzchen, Lebenspflästerchen. Sassa auf Tausendplätzen, erwachend, erlöschend. Klappdeckel. Bewußtseinslinse. Einer. Der gerne zusammengehen möchte mit Jenem in Grottaferrata. Überhaupt mit seinen Momenten. Ich. Der

Hurenhirt. Der Journalist. Der Vergesser. Mann in Grottaferrata. Stipendiat. Adoptiert von Verdacht, von Wohlmeinen, Ärger. Ich. Anderer Leute Gedankenvorspann, Sorge und Schadenfreude. Zirkulierer auf Wegen. Hammelexistenz. Ausgetreten. Bietet Rollen an. Kauft Legenden auf. Ich, dessen Platz unter der Sonne im Nachtlokal. Wie ihr behauptet.

Mein Platz unter der Sonne ist im Nachtlokal.

Komm, gehn wir ins Nachtlokal, Massimo, ich will dir zeigen, wo mein Platz ist.
Abend. Ziehen wir uns an in unseren Kammern und gehen aus. Aber nicht weit. Wir begeben uns bald wieder hinein, ich verspreche es dir, unter die Erde, ins Loch.
Rote Leuchtschrift. Der unversieglich lockende Name in feurigen Lettern. Darunter der Verkündigungsengel: der Portier. Kennt uns, grüßt. Tritt beiseite. Halt dich nicht auf bei den Tafeln, den aushängenden Tänzerinnen. Sei sittsam, Kerl, hier geht es gedämpft zu. Hier ist das sanfte Sein.
Trittst ein in den Saal von uneinschätzbaren Dimensionen, sagst dir: Höhle inmitten der Stadt,

draußen Häuser dicht an dicht, hier nichts als ein Boden von Holz, Holzsparren in Dielen gelegt, zum Saufen, Tanzen, unter Monden, Lampen. Gläser funkeln. Weiber. Zeit abbestellt, Ort abbestellt. Setzt andere Augen ein, wenn du dich lässig voranschiebst, andere Lunge, gehst vor mit Einwandereraugen, Abschätzungsblicken, die Brust, wie sie klemmt, wie sie schwillt. Denn alles ist abbestellt in der Diele, Bretterdiele im Dunkeln, alles Geltende. Abgesagt. Die federnden Bässe, die tief tief pumpen und die freiausfahrenden Läufe der Klarinette, das hebt sich und sinkt, nicht in Realräumen, in Räumen der Brust! Melancholie ... Freiland ... Nepplokal, fauler Zauber ... Melancholie ...

Nicht so, Massimo. Erst mußt du abgeben.

Kommst von der Straße, kommst in Hose und Hut, einer Mutter Sohn, eines Vaterlands Sproß, kommst gegürtet, gehalten: gib es ab. Gib ab den Mantel, sie werden ihn an das Dunkel hängen. Gib ab beim Eintritt deine Herkunft, deine Bekannten. Die Mutter, die dich aß, die Schwester die Elster, den Vater den Henker und die Mutter die Metze und die Lehrer und Freunde und das Gärtchen und den Hund; den Konfirmandenan-

zug und das Nationalitätenabzeichen und deine Wohnung und die Wohnung von früher. Streif sie ab, schieb sie weg, ganz gewichtlos weichen sie deinem Arm bis an die hintersten Wände, wo sie keine Rolle mehr spielen, Bildnisse von ehemals. Gib's ab schon unterm Baldachin, der Tote im Portiersgewand tritt zurück, bist ohne Namen hier. Hast abgegeben, nun kannst du eintreten.
Es empfängt dich dieser andere Raum. Die Musik wird nicht ausgehen, dein Glas wird nicht leer werden, das Licht wird gedämpft bleiben, du wirst allein sein und daheim. Du bist aufgenommen. Im Asyl. In der Höhle im Unterstand, in der makellosesten Illusion.
Alle Wände mit Schatten gefüttert, alle Wände aufgehoben, das wenige Licht ist warm. Wenige Atemwolken Licht, in dem die Tischchen, die Kellner, in Ecken, weichsohlig da und weg, nur noch zu ahnen sind. Raum außer Zeit, außer Tag. Außer Nacht. Raum mit ehrerbietig weichen Händen. Brich ihn nicht, sei behutsam, benimm dich.
Das ist der dunkle Saal, der durchgeht. Statt Türen Schatten. Und leise dampft das Orchestrion. Die eingewickelten Bässe, wo? unerreichbar, federn, stampfen; oh, weit das Lokal, ampio, nicht zu sa-

gen, Labyrinth. Das gasrote Licht, ungreifbare Licht, geht ungehindert alle Wege, der Gefühlsteppich, nicht gespart, wallt. Die Bläser schwingen gedämpft, Handschuhe trägt die Batterie. Die Deckel, Deckel der Batterie, ihr Auf und Ab, im Astrallicht, zwingend dies Auf und Ab. Weit, grenzenlos das Lokal. Die Trompete nimmt dich an der Hand und mit auf wimmernde Wege. Goldenes Horn. O tragendes Metall. Es wird nicht ausgehen, das Feuer wird nicht ausgehn auf dem Herd der Musik, schwelen, dampfen wird der Herd der Musik.

Hast abgegeben. Überlaß nun die Gedanken Saxophonen. Ballone im Dunkel, sieh: die Wölkchen steigen immer. Laß steigen, schick hinauf. Die Bar ist der Brunnen mit dem schwarzen Wasser, das dunkel macht. Jemand hat ein Glas vor dich hingestellt. Eine Hand hat dir die Zigarette entzündet. Die Schwestern schweben vorbei. Mit dem Eis im Glase klingeln; läuten – bis zur Verwandlung. Und das zwingende Stampfen der Bässe, gedämpfter Bässe, kaum hörbar noch, nur der Messing der Deckel, an der Batterie, hebt sich, fällt, hebt. Lautlos und voll von Musik. Und du mit ihnen. Beginnst das Sinken, das Liftfahren

den eigenen Schacht hinab. Und immer in Kissen, hinab. Mit der Batterie. Während du lehnst – Schwesterngespräch – und mit dem Eis im Glase klingelst. Und den Tanzenden folgst. Herren schieben Damen. Gesichter blicken nah aneinander vorbei. Die parallel schiebenden Wangen. Augen ohne Blick. Nur das Klettern von Frauenfingern. Das Klettern und Spazieren von blut- und rubinrot, von gold- und perlmuttern verlöteten Fingerenden auf Smokingrücken. Erreichen die Herrenkragen, schöngelackte, gewölbte Nägel, die Haargrenze, verschwinden im Haar. Während die unten sich schieben, aneinander vorbeiblickend. So viel Platz. Und das Orchestrion dampft.
Die Wege der ziehenden Trompete. Die stampfenden Bässe. Sinken und Heben der Deckel an der Batterie. Klingeln. Lehnen. Liftfahren. Den Schacht hinab. Bis du auf Grund kommst. Am Teich sitzt. Am Wasser. Rechts das Angelgerät, links die Wanderschuh. Der Rucksack. Der Kanister. Schaust. Schwer und leicht. Am Ufer. Homer.
Bleib, Massimo, bis alle Tanzenden Tote sind, Geister in der Höhle von Steenfoll. Bis nur noch die Deckel Musik machen in deinem Wesen. Bis

du sagst: ich erinnere mich. Bis du bereit bist, Eurydike zu treffen, Eurydike mit den tausend verwesten bürgerlichen Namen. Wenn die Eine in den vielen Gestalten, hier, jetzt dir entgegenträte, das Gesicht, bekannt und nie auszuschauen; hier, wo die Ahnen an Schattenwand hängen und deiner warten. Bleib. Bis zur tropfenden Müdung. Wenn die Kerzen herunterflackern, die Köpfe schwer sind, die Leute an den Tischen klumpen, die letzten Paare an der Grenze zur Helligkeit zögern, weitertanzen auf leerer Bühne, die Musikanten auf dem Podium schwanken, das Licht schmutzig verbraucht, trüb. Keiner mehr nachschaut, was der andere tut,
der da schläft,
der da rechnet,
der da lehnt,
der da starrt,
der da klappt,
das Paar ineinandertanzt, sehr sehr hoch, sehr sehr tief und nie zueinanderkommt. Die Lichter dunkeln, der Boden müd und müder. Im Nachtlokal, wo mein Platz ist. Im Wartesaal – o Garderobe für alles.

Das ist nun genau so ein Wetter, da man als Junge, nein: damals, als man hoffnungslos festsaß in einem Lebensrahmen, dem der Schule, dem der Vaterstadt ... da man also stracks auf den Friedhof ging. Und zwar als Besucher. Emil Rötelnatz, genannt Gottfried, Buchhandlungsgehilfe und späterer Militärversicherungsangestellter, unser Zimmerherr, zum Beispiel. Und in seiner Nachahmung ich.
Der Himmel langweilend gräulich. Also ist ein müdes Mattlicht über dem Tag, alle Geschäfte sind zu, weil Sonntag, die Männer der Kehrichtabfuhr, die Straßenkehrer vom Tiefbauamt, die Fuhrwerke der Frachtzustellung also nicht unterwegs, dafür Volk, unbeschäftigt und verkleidet daherziehend straßenlang, man hat die paar offenen Konfiserien mit städtischen Hinterzimmern, die paar Kinos in petto, dies sind summa summarum die Fluchtmöglichkeiten, aber nicht nur für uns, nein für alle unbeschäftigten Volksleute sind sie die Häfen, sind darum übervoll. Gut. Aber das Wetter ist nun so, daß man sich des Friedhofs erinnert, sich also rüstet zu diesem Gang. Und nun plötzlich bemantelt, Hände in Handschuhn und Zigarettenräuchlein an Lederfingern mitführend,

mit einem Wort: sehr feierlich gestelzt und hochbewußt durch die Vorhallen schreitet, das Eisentor passiert. An den Blumenverkaufsständen und allerlei Buden, die sich an den Grenzen auch dieses toten Spektakelareals angesiedelt haben, nicht viel anders als vor den Toren der Stadions und von Rummelplatzwiesen, geht man ausdruckslosen Gesichts vorbei; Geschäft! Ebenso am ersten Kreuzpunkt der Friedhofstraßen, wo das überlebensgroße Frauendenkmal, Allegorie für Durchgang in höhere Heimat oder ewigen Schlaf, die Gedanken reinigt. Man wählt seinen Weg, der unter Platanen durchführt, an den Zackenästen stekkengebliebene Blätter hangen leblos. Nun geht's an Gräberquartieren entlang, die man unberührt seitlich liegen läßt, eine auf eiserner Tafel zu lesende römische Ziffer meldet von hoher Stange ein jedes dieser Quartiere. Vorbei. Am ersten Platz, mit Rosen-Rondell in der Mitte, geht's halblinks weiter.

Das Schreiten sehr gemessen, versteht sich, weil die Bäume, jetzt rippenkahl, ein Domschiff malen, man ist im Freien und doch nicht, in der Stadt und nicht, weder Läden noch Äcker mit Frucht, nur Wandelgarten hinter Mauer und todernste Erinnerungsstätte auf Schritt und Tritt, Gottesacker, sagt man auf dem Land, das trifft hier nicht zu. Und endlich vor so einem Stein oder Kreuz, Blumen zu Füßen. Und Stehen. Herr Rötelnatz oder ich, sauber gekleidet, sonntäglich vermummt, und an das Kreuz oder den Grabstein hinstarren und das bißchen Garten davor. Merkwürdiges Stehen, dies, vor so einem Eigenbesitz, den man nur mühsam herausfindet aus einer Unzahl gleichartiger. Vielleicht kommt auch wirklich eine Erinnerung an den Toten, sonst eben schlechtes Gewissen wegen Gefühlsunvermögen und -kälte. Stille dazu, Sonntag obendrein, der Himmel, die sauren Gerüche in der Kälte. Aber auch das Gefühl von andächtiger Handlung wie Kirchgang und also sinnvollem, ja hochanständigem Zeitvertreib. Das Gefühl auch für die Rötelnatzsche Szene, die er darbietet: aha, der Herr hat ein Leben, einen Lebenswandel mit ehernen Zeiten, hat seine Gewohnheiten, er wird nun draußen mit wartendem Wagen oder anbimmelnder Tram in seine Welt zurückkehren, eine uneinschaubare, von Schicksal betroffene, die Gedanken kleiden ihn schnell in ein Schicksal, den Herrn, dichten ihm ein Leben an auf so einem Friedhof, vielleicht ruht seine Geliebte da, und er, stumm mit entsprechenden Gedanken oder mit Gefühlssturm in der Brust, die der Unerforschlichkeit menschlichen Loses gelten, kehrt nun heim, wohin? zu welchen traurig geweihten Verrichtungen? Vision eines Lebens auf so einem Friedhof, wie man sie nur angesichts anderer empfängt, wenn man selber in starrem Rahmen, Schulrahmen, Vaterstadtrahmen lebt, Ausbrüche phantasierend, langweilendem Rahmen des Immergleichen und Zutodegekannten, von dem man endlich loskommen möchte. Dann zelebriert man sich so einen Friedhofsgang zum Sonntag, wenn die Kinos ausverkauft sind. Balbek. Unsere Frauengespräche neuerdings ... seine Ansicht, Frauen seien bloß verhäuslichende, grundsätzlich sabotierende Wesen, besitzwütig unter dem Schutzmantel der Hilflosigkeit und Schutzbedürftigkeit, auch der Hingabe. Und er denkt sich Frauenerlebnisse ohne Rechnung und Gegenrechnung, unter freiem Himmel, die ein kräftigender Tausch wären, ein Bad zu zweit und nichts weiter, die Wildheit in einer Fassung von Kameraderie. Er ist es müde, die Welt zu erklären, immer Lanzen zu schleudern, um schließlich doch zu lächeln aus zerfasertem Gesicht und, wie-

der höflich geworden, abzuzotteln, guter Kämpe im achtbaren Anzug, andern zuliebe.
Er hat begonnen, Köpfe zu gießen, die er nach den ›zeitgenössischsten‹ unter den Mitstipendiaten verfertigte, er verkehrt nun mit einer römischen Gießerei, mit den Werkgesellen versteht er sich, er schuftet und ist des öftern so einfach und munter, wie er es im Einsatz gewesen sein muß, damals in Rußland an der Front. Er baut an lebensgroßen Figuren, er tummelt sich. Entdeckt den Flohmarkt. Er hat endlich eigene römische Wege gefunden. Er tritt nun weniger in Erscheinung.
Und Piet. Der produziert wie ein Jüngling. Ansässige Kritiker führen ihm Interessenten und Sammler zu, ein reicher Kunsthändler hat seine Landesvertretung übernommen und bereitet eine große Schau vor. Er ist des öftern unabkömmlich, hat Verpflichtungen. Mehr als ehedem ist er im Kreise internationaler Kunstaristokratie zu erblicken, aber immer er selber, er mit seinem Eigenreich und selbstverständlich junkernhaften Gehaben.
Überhaupt macht sich eine Schlußfreudigkeit breit unter den Rom-Stipendiaten, deren Jahr abläuft, die Kreise sind größer gezogen. Alles will hereinholen, was zu holen ist.

Und Massimo ist so etwas wie ein Schüler Balbeks geworden, jedenfalls hört er sich vergrimmt die langen, italienisch unbeholfenen Exkurse und Kritiken des Berliners an, während sie vor seinen Bildern stehn und kein Ende finden. Er hat eine letzte Serie abgebrochen und im Sinne Balbeks neu angefangen.
Nur ich tue nichts. Lebe meine Zeit ab. Die reden auch in meiner Gegenwart schon glatt über mich hinweg, als wäre ich nicht anwesend oder nicht zurechnungsfähig. Ihre munkelnde Anteilnahme. Auch eine Maria betreffend, die ich kennen soll. Wäre auch eine Legende. Gut. Ich liefere sie.

Salve Maria

Grimmig hält ein Rotlicht die Autos in Schranken. Es ist auf der Brücke. Die Brücke ist breit, und hell und dick ist der Stein in der Sonne. Ein milchiges Tiefwasser treibt durch die Bogen, dem die Bäume der Kais ihren Blattsegen spenden. Das Rotlicht zittert. Die angehaltene Meute dröhnt. Die Pflastersteine schütteln sich, tanzen.

Zwei Zimmer gemietet in zwei Tagen.
Ein Stundenzimmer, das eine, ich hielt's schon die erste Stunde kaum aus. Die verhängte Milchglastür stimmte mich rosa trostlos. Der Boden aus Steinfliesen war kalt, nicht weiter zu säubern und unerweichlich. Blieb der Tisch, der war so nackt und zu klein für Papier. Das Fenster ging auf die Seiten des Bahnhofsgebäudes. Ich sah hinaus auf traumatisch schwellende Arkaden aus Speckstein, auf ihren überdimensionierten Bogenschritt, der perspektivisch enteilte und nur die schweinsrosaglatten Seiten zurückließ. Ich packte etwas Koffer aus und ging selber aus. Strich der abendlich angewärmten Gegenüberseite entlang, wo Omnibusse, Taxis und Leute sich öffentlich drängten, ging unter der warenbepflasterten Ladenstraße hin und weiter und nur nicht zurück. Maria würde nie da sein. Anderntags kehrte ich wieder, um mich auszulösen, ließ die Miete zurück. Das Stundenzimmer war keine Bleibe.
Das andere Zimmer im Haus der Gräfin. Schattenhallen. Ein Hausinneres im ältesten Teil der Stadt, jedes Möbel wohnt vornehm an seiner Zimmerstelle, der Tag hat einen diskreten Tageslauf in diesen Räumen, ein Wohngefälle nach Sonnen-

stand. Da kroch ich unter und spielte den Zimmerherrn, der dauernd grüßt und leise vorbeischwebend immerzu sein Wohnrecht dankt.

Grimmig hält das Rotlicht die Autos in Schranken. Zwei Zimmer gemietet in zwei Tagen. Die Steine schüttern, schütteln sich.

Ich kenne eine, die mich immer vergißt. Salve Maria. Maria sulle gambe di bambola. Maria auf Puppenbeinen. Maria. Der Ausschnitt Brückenpflaster wird mich zum Heulen bringen. Ein Ausschnitt Pflasterstein im Tageslicht, und ich steh ja darauf. Und wie weit auseinander. Ich muß von anderem reden.

Ein Morgen ist ein gestillter Schild aus Weiße, ein weißer Schirm, duftend nach Gartenbaum, Fahrrad, Rhabarber, Lutschstengel, nach Eisengitter und Einkaufstasche, nach Steinstufe mit verblutenden Tannen- und Fichtennadeln, nach Apothekerchlor, süßlichem Gras, Staub. Ein Morgen ist ein gestillter Schirm, klopfend fest um das Kind gestellt. Ein Vorrat Tag, den es auszuschöpfen gilt.

Kaum die Konfitüre vom Mund gewischt, bin ich unten. In der Sonne sind noch Kühlesplitter, die die Haut kräuseln. Ich brauche nur um die Ecke zu laufen und mich Minuten ungeduldig aufzuführen. Dann kommt meine Gespielin auf den Küchenbalkon des Arzthauses getreten, sie trägt einen berückenden Morgenrock, in ihrem sehr weißen puderfeinen Elf-Jahre-Mädchengesicht ist eine Spur damenhafter Tagfeindlichkeit und Prüderie. Schwarz, glatt, schwer ist ihr Haar, schwarz sind die Augen. Ihr Name tönt nach Francesca. Von den andern Kindern leben wir schon einige Zeit herausgetrennt und für uns, jeden Ferientag schon vom Frühstück an. Die Eltern sehen dem zu oder auch nicht, jedenfalls spielt unsere Zeit in einem Umschwung von Toleranz, ja Respekt, und niemand mischt sich ein.

Ihr zweiter Name heißt Talvo, der Klang rollt mir einen Strom Dunkelheit durch und durch. Ich habe ihn einmal geschrieben gesehn. Auf einem Grab auf dem Friedhof, das war noch vor der Zeit, als ich dort eigene Gräber besaß. Das Grab ist aus weißem Stein, auf dem sich in Relief geschnittene Frauen krümmen. Sträucher bäumen sich vor dem Stein. Ein Miniaturgitter hält Fremde ab und läßt die Angehörigen durch ein Pförtchen näher treten, so uns. Strenge Lettern verkünden drinnen das ewige Leben von Professor Talvo. Das ist ihr Vater. Ein Spanier, der hier ruht und Hof hält. Seine Witwe hat sich mit Doktor Kreißler wiederverheiratet, und der Doktor ist Kinderarzt, er hat alle meine Krankheiten und die meiner Schwester überwacht und kuriert, bei Schulverhinderung alle Zeugnisse ausgestellt. Meine Schwester will etwas von einem unterschlagenen Francesca-Bruder wissen, den man in einem Kloster gefangenhält. Der ist schmalgliedrig, fein und bleich, aber in seiner Stille wartet eine gefährliche Vehemenz, eines Tages wird er ausbrechen und erscheinen, in silberbesetztem schwarzem Wams und engen Beinkleidern erscheinen und an seiner Mutter Rache nehmen. Meine Schwester hat mir das anvertraut. Manchmal geht dieser Bruder als Dritter neben uns her, das sehe nur ich, der ich noch nicht weiß, ob ich ihn mag oder nicht. Ich glaube, ich bin froh, daß er seinen Auftritt noch aufschiebt. Ich will gerne um ihn trauern, wenn ich an sein Los denke. Aber er soll noch nicht kommen.

Die Kinderfrau, die auch als Schwester im Arzthaus amtet, steht groß, hager, dunkelgewandet und weißgeschürzt hinter meiner Angebeteten auf dem Balkon. Von hinten beugt sie sich über Francesca, sie nestelt und richtet an ihrem Aufzug. Über Francesca gebeugt, die mir von oben herab zu verstehen gibt, daß sie da sei und kommen werde, steht sie: eine Mitwisserin aus altem Bilde. Eine Hintergrundfee und Fernlenkerin unserer Geschicke.

Wir gehen nur so spazieren, geraten immer weiter aus unserer Wohngegend und immer mehr in Abseitsgebiete, an Waldränder, auf Wege, von welchen man jedes Mal in überstürzter Eile den Heimweg unter die Füße nimmt, denn es muß spät sein, und zu Hause könnte schon Panik herrschen, wir aber wollen keine Panik, kein Aufhebens, keine Verhöre. Wir wollen Garantien für stilles Entkommendürfen und reibungslosen Ablauf unserer Fluchten.

Am Waldrand entstehn über Strecken Sprachlosigkeiten, da geht man nur nebeneinander her, vielleicht schieben sich die Hände ineinander, während die Augen krampfhaft wegsehen und nur Wald ist, aber was das auslöst, ist nicht zu beschreiben. Nach einem solchen Tag muß ich mich

hernach in Winkel zurückziehen, wo ich in Ruhe gelassen werde. Am liebsten bleibe ich ganz unbeachtet.
Und einmal sollte der Tag damit noch kein Ende haben. Wir sollen ins Kino, gar in die Abendvorstellung dürfen. Da ist eine Nenntante, Kinobesitzerin in der Stadt, die hat uns eingeladen, ich denke, Francesca, die alles mit Erwachsenen fertigbringt, hat das so eingerichtet. Ich laufe also unsere vielen Treppen hoch mit der Kunde und werde zurechtgemacht. Das Gesicht peinlich geschrubbt und die Hände, eine Schleife wird mir um den Hals gebunden, und mit schmerzender Haut und in kneifendsteifem Anzug nehme ich vor dem Eingang der Kreißlers Francesca in Empfang. Es ist, als folgten aus allen Fenstern Augen unserem Abzug, der sich äußerlich ruhig, sogar unter Vorgabe artiger Konversation in hartem, trambefahrenem, narbigem Straßenbett vollzieht, aber innerlich dröhnt es, schlägt und donnert's, daß es kaum zusammenzuhalten ist in dem sauber verkleideten Körper. Wir gehen Blicken entschwindend als Pärchen immer länger gradaus führende Straßen. Kommen auf kolossalen Platz, betreten Halle in verwirrend rotundgoldundplüschver-

klärtem Etablissement. Francesca sagt aus weiß verschlossenem Gesicht etwas Hochfahrendes zum Portier, der uns bedeutet, ihm gütigst folgen zu wollen, und zwar nicht etwa Richtung nächster Tür im Parterre, nein: die Treppe zum Balkon steuert er an, und schon öffnet sich eine dick gepolsterte Tür lautlos vor uns und verrät eine Empore, die im heruntergestimmten Licht nur eben zu ahnen ist. Wir beziehen die Loge. Der Samt streckt seine hitzigen Pfoten aus. Wir sind wie in Felle gepackt, sitzen unbeweglich, in steifer Erwartung, aber nicht des Films. Und Francesca ganz nah in ebenderselben Packung, das wenige Licht fällt weiter, immer eine Tonstufe tiefer einer kaum vorstellbaren Erwartung in Dunkelheit entgegen. Da stürzt aus plötzlich klaffender Wand eine hocherregte Dame, wohl Nenntante, herein, taumelt auf uns zu, faßt nach uns, zieht uns aus unseren Sitzen und hinaus auf die Treppe »verzeiht, Kinder, da hat sich wer im Tag geirrt, *den* Film dürft ihr euch unmöglich ansehn«, und leid will es ihr tun, sie weint oder beinah, »stell dir nur vor, Francescalein«, und so fort und Schleckzeug in unsere Hände, Schokolade und Umarmung und Francesca mehrmals an Tantenbrust gepreßt, und draußen sind wir. Wieder auf dem Platz, auf dem nun Laternen brennen und sich eine befremdliche Leere breitmacht. Und schon sind wir wieder unterwegs, pilgern, ein Paar, durch die Stadt, immer unter Laternen, die City hört auf, nun auf verlassenen, lang sich hinziehenden Auswegen, weiß nicht wie lang, auch nicht wie spät. Aber anderntags ist alles vorbei, und daran ist diese Fuchtel von Nenntante schuld, dieser vorbedeutende böse Engel, der einbrach, man hätte die Gefahr erkennen müssen. Denn anderntags ist's Abend und kurz vor dem Essen, und wir stehen wieder unter Kreißlers Eingang, die Straßen noch hell, kommende Kühle darin, und nichts erwartet uns mehr, Minuten, die im Asphalt verlaufen. Nur biegen da immerzu Knaben auf Rädern in die Straße ein und zirkeln um uns, gebuckelt über Lenkstangen, einer immer voran mit einer Hakennase und rauhem frechem Lachen, das die auf Francesca geworfenen Blicke begleitet; und verschwinden und kommen wieder, ekelhafte Kerle aus anderem Viertel. Und Francesca schaut ihnen zu, schaut dem zu mit seltsamen Augen, halb messen diese Augen das Rabenvolk und Gelichter und schaffen Distanz, halb ist da ein Lachen im Aufsteigen, aufmerksam vergewissern sich diese Augen des Geschehens, immer von erhöhtem Standort auf Treppenstufe herunter, halten Überblick, und ich frage, frage in diesem unglücklichen Moment, während die Raben, die eingeflogenen, kreisen, frage jetzt, denn ich muß eine Wortversicherung, ein Gelübde haben, so ungewiß ist auf einmal alles geworden: »Willst du mit mir fortgehn, Francesca?« Ein Wort soll mir's siegeln. Aber das Wort, das nun kommt, ob ich es überhaupt richtig hörte? Es klang nach »muß es mir überlegen«, erbat Bedenkzeit, dies Wort, stak aber schon wie ein Haken in meinem Halse, kaum daß es heraus war, war schon verschlucktes Gift, schon laufe ich nach Haus, verstört, und das Gift trieb seine Vernichtung, laufe, verurteilt, aus dem Lande verwiesen, vertrieben, weiß nur, während das Gift sich verteilt und überall Giftkraut schießt, weiß nur: Hast es empfangen, weiß nur, es wird schrecklich, noch schrecklicher und kein Entrinnen, denn geschluckt ist geschluckt, kein Wiedergutmachen, keine Linderung, Ablenkung. Ausgewiesen, für immer vertrieben, eingesperrt in Gift und Tatsache, herhalten, den Kopf herhalten, aushalten. Durchstehen – aber wie?

Nie nie wieder Francesca gesprochen in all der Zeit, da wir aufwuchsen, Nachbarkinder, und uns alltäglich auf dem Schulweg kreuzten.

Es schüttern die Steine. Schütteln sich.

Zwei Zimmer gemietet in zwei Tagen, denn ich kenne eine, die mich immer vergißt. Salve Maria. Maria hat keine Zeit. Maria muß laufen. Maria muß arbeiten, Maria, Maria weiß, was sie muß. Salve Maria.

Ich möchte ein Machtwort sprechen, zum Beispiel: »Jetzt! sei es!« und alle Verkehr leitenden Polizisten müßten in den schwärmerischen Posen ihrer flußregelnden Arme erstarren und würden nicht aufhören, mit gereckten Armen die Brust aufzureißen und in den Himmel zu weisen: sie müßten's: Tenöre in Uniform, ohne Arie, in den Händen kein Bouquet, stumm und starr.
Denn, Vater an der Wand, ja, die Laterne war angegangen, ich hatte es gar nicht bemerkt.

Wenn es so steht mit der Luft, daß ein Kristall Kühle in der Sonne schwebt, obwohl die Oleander die Straßen säumen, rötlich, weißlich, lila, obwohl die Mauern rot schwitzen, ja, dann werden auch hier die Baumkronen lichter und das Kapitol gebärdet sich nackter. Über die Terrassen mit den Herden lang lagernder Leiber aus Stein und alle Straßen hügelauf und hügelab gleißt das Licht dieses Himmels, kaltlohend, blau, die ewige Stadt ragt mächtig. Früher wird die Veneto entzündet, und nicht mehr so lange sitzt man unter den Steineichen der Villa Borghese, Zeitung lesend.

Greifbarer wird die Stadt Tag um Tag, greifbarer mit den vielen Profilen, die den Himmel ergreifen.

Abend ohne Ende. Festlich funkeln die an Frauenhälse verschleuderten Kolliers. Und Maria.

In ihrer Stimme schwingt das Traubeninnere, groß ist ihr Auge, weich ihre Hand.

Maria aufgetaucht an der Veneto an solchen Abenden. Wenn sie meinen Namen sagt, wenn ihre Stimme das Alltägliche sprudelt und golden aufhebt …

Und die Lampen gondeln in diesem Abend aus immer noch leuchtendem Stein, in dem nun ein Kristall Kühle flunkert. Und Maria.

Der Schmelz und das Funkeln im geschliffenen

Glas ihrer Aufmachung. Die Augen so groß in den schwarzen Strichen und das Honighaar so hoch. Und so mild.
Und die weiche Hand und die Stimme. Und ihr Lachen …
Das Leben hat einen anderen Schnitt. Stolperst über Glanzgeleise, die gestern nicht lagen. Ampeln und Monde baumeln an Stellen, die nüchtern und geläufig waren, und prallen aus heiterem Himmel ins Gesicht. Wie das trifft. Ich habe Zähne, zum Lachen, zum Verbeißen, ein Gebiß.
Das Leben hat einen anderen Schnitt!

Die Laterne der Liebe. Denn jede Liebe beginnt unter einer Laterne.
Sie treffen sich im Dunkel. Oder sie treffen sich, und es ist noch dunkel oder trüb oder einerlei. Und dann zündet's. Was zündet, ist vielleicht die Liebe, wir wissen es nicht, aber sie sehen mit einemmal.
Während sie stehn und sich ansehn (und die Liebe erwacht oder was man so heißt), während sie sich ansehen, geht über dem Schaft ihres Zusammenstehns das Licht an, wer hat es angedreht? geht über ihnen die Laterne an, die beleuchtet, so weit ihr Schein reicht, eine andere, neue Welt. Eine

Hauswand, Mauer unterm Schatten der Bäume, einen Tisch, einerlei was: aber es wird Zeuge sein, späterer Pilgerort, heiliges Grab.
Wird bleiben in Erinnerung als die erleuchtete Welt, bebend in den Geräuschen des Tags, gestillt in ihrem Atemanhalten, jedes Luftteilchen aufgehoben, aufgehoben jede Säure des Gerüchegemischs. Wird bleiben als die begeisterte Welt, da sie eintraten.
Das sie sehen, wenn die Liebe angeht, ist jener Ausschnitt, den die Laterne ergreift. Sich sehen sie nicht, sind selber im Dunkel, sind nur der Schaft. Sie schauen auf in das Blendende, niegesehen, schauen – den Schauplatz.
Und von da weg gehen sie unter der Laterne oder die Laterne geht mit.

Und Maria?
Rom im Herbst, diese Woge von Bläue in Mauern, lechzende Schatten auf Braun, jenem Braun, durch das die Funzeln der Abendmärkte brutzeln, dies unwägbare Ganze aus Oleander und Gerüchen und Stickigkeit von Menschen in Gassen, fremden dunklen abendlichen Menschen; mit Bussen, die am Gitter des Antikenfeldes dröhnen; mit Lum-

pen und Kindern, vielen offenen warmerleuchteten Türen von Läden und Handwerkerhöhlen Trasteveres; mit Tiber, Tibers Fließen unter Brükken, auf denen die Engel stehn; mit plötzlicher Engnis, wo die Dunkelheit durchschrien wird und wieder dem Eilen gefangener Menschen auf schlingernden Gäßchen im labyrinthischen tiefen Stall. Fanfare, Fanfare.
Abend. Und es steigt der Pegelstand der Erwartung, der Melancholie. Und so die Straßen weitergehn, Weinduft und Schwaden von lustentfachendem Kaffeegebräu, es lehnen Kutscher nichtstuend in Polstern, dieweil die mageren Gäule futtern, und Heuhalme und Pferdemist sprenkeln jetzt schon den Boden und werden zurückbleiben, wenn die hochachsigen Fiaker in Fahrt und Nacht abgehn, daneben wird die lecke Leitung weiterglucksen, und Kutschenhinterlassenschaft und wässernde Straße bleiben weithin sichtbar auf der samtenen braunen Glätte rundum.
Und in der Büglerei arbeiten die Frauen, weiß getrachtet unter dem eifrig schwarzen Haar, und es stapeln sich die feuchtlichen Wäscheberge so schneeweiß im Dampf, daß es dem Passanten draußen den Lidrand entzündet, aber die Frau-

en zwitschern im Dampf, und das Atelier träumt mit Schwaden hinaus auf die Straße, auf die alle Verschläge und Läden ihr Innenlicht gießen. Das Abendgeschäft! stadtweit entzündet und wärmend.
Und dann Häuserreihen, die zugeknöpft wirken, von oben bis unten reserviert, Verwaltungsgebäude nach Büroschluß, aber die Mauer ist auch hier von den brauneren Schatten beleckt. Und in die großen Promenaden. Empfangsbereiter Lichterglanz schluckt immer mehr daherschleichende Ankunftswagen, die den Kanal zum Glitzern bringen, und unter den Bäumen die Parade der Abendeleganz. Das Schlendern Allerwelt, das eitle Sichzeigen und neugierige Ausspähn, zwischen Kiosken, unter dem immer noch blauen Himmel, in dem das Kristall Kühle umgeht. Und, Fanfare! Fanfare! Maria kommt auf Puppenbeinen, kommt lachend und ernst. Salve Maria.
Und ich bin kein unausgesprochenes Wort mehr in dem Abend, in der Stadt, nein! ich trete aus dem Munde der Schönen, mich hüllt ihr Glanz ein, mich bestrahlt ihr Auge, mich überwölbt ihr Haar, mich duftet ihr Mantel an und ihr Gesicht, das mit allen Zügen mir zumimt, mir gelten die la-

chenden Zähne, gilt ihr Mund, aus dem die Stimme steigt, die Stimme fällt, die hier geborene Stimme, die diese Sprache singt. Die Stimme mit dem traubenen Schwingen. Mir gilt die Hand mit den Nägeln, Mariahand, hier:
Daß mein Name zur ältesten Kneipe an der Pflasterstraße wird, ein altversöhnter, der unerschrokkenste Name. Und ich hebe das Glas in den Himmelabend und
Salve, Maria! Salve Maria in meinem Kopf, salve Maria-Aura in meinen Nüstern, ich zerstöre, ich weihe das Pflaster, ich gründe die Stadt. Salve dem Romgründer, mir!
O daß man einmauern könnte diesen Moment, über den ein einzelnes Blatt niederschaukelt. Siegle mir den Moment, Maria, pflanzen wir die Kathedrale.

Doch der Hohlraum der Erwartung stillt sich nie mit der Gestalt der Erfüllung.
Schon denkt der Dritte, der danebensteht: was sollst du mir, Fremde? Ich kenne dich nicht. Wie du mir ungefüg ins Wesen schneidest mit den Kanten des Unzugehörigen, wie du nicht in die Hand paßt, wie dein Gewicht mir nicht liegt! Zwar ist da

im Goldgrund seiner Verblendung noch die Erste strahlend aufgehoben, eingepunzt ist sie noch da. Aber die fällt nicht mehr mit seiner Bekannten zusammen, die er bei sich hält. Die verbraucht sich. Und er hängt schon dem Wachsen des Verbrauchs nach, schmeckt schon den Kummer ab, die Trauer, die folgen wird. Hofft, daß beide heil zurückfinden möchten. Wer hat das Spiel bestellt, wählte die Spieler? Welcher unersättliche Moloch läßt es sich immer von neuem vorspielen? Aber wie aus der erleuchteten Welt ausscheiden?
Er: hörig der Welt der Laterne, den neuen Augen; der Grotte entfachten Zaubers, den schirmenden Wänden, bestickt mit taumelnden Worten; dem Glanz, der Zauberlaterne. Beginnt schon die Plätze rückwärts zu befragen, wo es stattfand, und die zurückbleiben werden. Die verblieben sein werdenden Plätze rückwärts zu reihen.
Hat Angst vor dem Fall, dem Ankommen unten im Trümmerinventar.
Klammert sich erneut an die in der Stadt herumlaufende Fremde, die Stifterin, die nun Garantin sein soll. Aber sie können nicht zurück in das Dunkel des Schafts der Laterne.

Nieineinanderstimmen von Traum und Gewordnem. Der Raum der Erwartung stillt sich nie mit dem Stoff der Erfüllung. Die im Laternenschaft standen, entschlüpften. Und abgehn die sich kennenden Fremden. Aber die entschlüpften, wo sind sie jetzt? Wandeln als Geister unruhig. Schon wieder die Geister um zweie vermehrt. Sie werden heimsuchen, wenn keiner mehr sich erinnert. Heimsuchende Geister. Dann wird man sagen: nicht einmal der Schmerz trifft seinen Anlaß, wenn es soweit ist und diese Geister einfallen. Die treten nie wieder in die fortlebenden Menschen zurück, nie.
Und er haßt den nimmersatten Moloch, der sich immer neue Spiele bestellt, spielend mit Liebenden. Der sie herausholt aus dem Einerlei und als Liebende sehend macht. Und lächerlich in ihrem blind seherischen Wandel. Und sie dann fallen läßt. Er haßt den Moloch.

Froh sein müßte ich, daß ich damals vor den Toren noch von Francescas Tür weggewiesen wurde. Ehe ich eintrat, in das Land, das nie ist. Aber ich war es nicht, mein Vater. Bin als Sozius jener Bande beigetreten, die als radfahrendes Rabenvolk einflog. Bin mit dem Metzgerssohn in Metzgers Familie eingetreten, bin mit allen an Samstagen losgezogen. Und abends, wenn sie sich auf die Pfähle des Francesca-Gartens hockten und ihr als bezähmte Vögel aus der Hand fraßen, bin ich zwischen ihrem Garten und unserem Hof stumm zu meinem Kaninchenstall gegangen. Am Rande blieb ich dabei. Die Hundespaziergänge, die ehemals unser Abendprivileg waren, führte ich mit Kreißlers Arztgehilfin fort, wir schritten durch die finsternden Straßen, vorne ihr Dackel und mein großer Bastard, hinten die traurige Hintergrundfee und ich. Trauriger Ersatz, trauriger Tausch der Zeiten. Nie fragte ich nach Francesca, obwohl nur sie der Grund der neuen Regel und ihrer allabendlichen Exekution war, und wenn sie beiläufig und behutsam von ihr zu erzählen anfing, stellte ich mich unbeteiligt. Aber einmal war es, daß sie das Thema, das mich anging und nichts anzugehen hatte, weiterspann. Francesca krank, fieberte schwer, wälzte sich, die bleichen Wangen fieberrot. Und da ruft sie meinen Namen, mehrmals hintereinander. Berichtet die Arztgehilfin bei unserem Hundespaziergang. Nun? Nichts.

Du, mein Vater, mit der abhandengekommenen Story, der gekappten Herkunft, die mich immerzu ausschickt nach einem Anderen Land, das du mir vorenthältst ...
Du tauchst auf in dem Lande, dem ich durch Geburt zugehöre, in der Stadt, die meiner Jugend den Schauplatz gibt, mit erster Adresse Zähringerstraße. Da mietest du dich ein bei meiner Großmutter, einer härtlich herzhaften imposanten Frau, die noch nicht lange da hergezogen war. Du ziehst ein als armer Student mit gebrochenem Deutsch und spärlichem Monatswechsel, gestiftet von aufrechter Tante, die auf dem Lichtbild ein dragonerhaftes Auftreten mitbringt. Du trittst da ein, atmest den Duft finsterskurriler Möbel napoleonischer Epoche, nimmst sie hin als etwas Angestammtes, Merkwürdiges. Kratzt auf der Geige, empfängst Freunde, mitemigrierte, zu Budenmahlzeiten bestehend aus Flundern und Tee, der eine Freund spielt Cello, du bist der Zimmerherr mit der ulkigen Sprache, mit unverständlichen Aufmerksamkeiten wie jener: junge Hundchen zu kaufen, sie mit festlichem Cognac lustig zu machen und endlich mit Schleifchen im Fell auf bürgerlichem Tisch tanzbärenartig auftreten zu las-

sen und alles: junger Dame zum Wiegenfest. Ein Präsent.

Du bist ausnehmend höflich, trittst überall zurück, läßt jedermann den Vortritt, schlenderst freundlich unaufdringlich durch das dir fremde Napoleon-Inventar.

Natürlich sind dir Zähringerstraße und Lerchenweg mit dem Geiz atmenden Stein, mit den unangenehmen Fensterformaten, mit Lattenplunder in der Nähe, sehr viel Spezereiwarenwelt und hosenträgerherrlicher Pintengemütlichkeit, mit tief hangenden Schwaden der Schokoladefabrik, mit kleinlichem Sonnenschein und gelbem Arbeitersommer nur eine kuriose Welt anderen Landes. Du hast ja vornehmlich im chemischen Institut zu tun, hast einen gewaltig befrachteten Stundenplan und nebenher ein schönes Pensum Spracheerlernen zu bewältigen, du bist bloß auf der Straße auf Hin- oder Heimwegen, wenn die Mädelchen der Fabrik mit den Hütchen oder fettigem Haar heimeilen und die Trambahn Stoßzeit hat. Da trittst du in einem Spezereiwarenladen mit wildernden Gerüchen unter, deine Butter, den Tee zu erstehen, und siehe da: eine Jungfrau steht hinter dem Ladentisch, viel zu fein für den Vielwarenladen, geradezu modisch, mit Gehängen von Rüschen, mit sehr kokettem Schuhwerk angetan, sie blickt mild, wiederum auch verschämt humorvoll über den Ladentisch, sowas! Von da an kaufst du immer da ein, und besagtes Fräulein (das täglich mit einer Vielzahl ihresgleichen im Kontor weitabgelegener Firma aber weltweiter Interessen tippt und rechnet) hat sich deinetwegen von nun an beeilt, um dazusein und nach atemlosem Ablegen des Mantels oder flüchtigem Abstreifen allzusehr korsettierenden Jacketts hinter den Ladentisch zu schlüpfen, damit sie den Ausländer mit der ausgesuchten, landesunüblichen Höflichkeit nicht verpasse, den monokeltragenden, innenlebenbeschäftigenden, nicht ganz einschätzbaren Gast mit den Fische-, den Tee- und Butterwünschen. Und siehe da: besagtes Jungfräulein, tagsüber ungeheuer berufseifrige Kontoristin, die dir den Laden verklärt, ist die Tochter deiner neuen Hauswirtin. Du kaufst im Laden deiner Zimmermutter, bist sozusagen im Hause geblieben. Und nun ist's geschehen: dein Einzug in die Familie. Ihr verlobt euch nach Landessitte. Ihr heiratet. Du und Großmutter bleibt zeitlebens in ehrerbietigem Abstand, was die Herzlichkeit erhält, Fräulein Tochter aber

ist nun die Deine. Sie richtet dir eine Wohnung ein nach ihrer Herkömmlichkeit, du ziehst ein, du ziehst etwas auf, das mir, deinem Sohn, vom Briefkasten her ein Wort bleiben mußte: ein ›Untersuchungs- und Forschungslaboratorium‹. Du untersuchst, du forschst, du entwickelst alles: vom Parfüm bis zur synthetischen Kohle, vom Stärkungstrank bis zum Magenpulver und zum beinah berühmt gewordenen Lupus bekämpfenden Medikament, das Doktor Schweitzer in Lambarene mit Heilerfolgen seinen schwarzen Schutzbefohlenen verabreicht. Die Kinder auf der Straße, der bleichen, sehnsuchtsreich leeren Vormittagsstraße mit den Sandkisten, auf die man eine Taschentuchfahne pflanzt, diese Kinder, die säuberlich riechen, sagen mir über deinen Betrieb, was unzuständige Eltern bei Tische munkeln: du seist ein Mansardenhocker, der auf Bunsenbrennern seine Suppen koche, und ich verteidige dich. Mache die Sandkiste zur Burg, den Fahnenstecken zum Schwert und halte die Burg.
Denn für mich bist und bleibst du: im Andern Land. Ich will es erreichen.

Stünd' ich nicht manchmal an einer Haltestelle (daß es Haltestellen gibt, gewährt und gestiftet vom Staat unter dem Vorwand Bus-Halt oder Tram-Halt, im Grunde aber: Halt! einen Platz unter die Füße, stehn und enthoben sein; im Rampenlicht der Namenlosigkeit, warten), stünd' ich nicht manchmal an der Haltestelle, termin- und pflichtlos, abwesend; und sähe ohne sonderliche Neugier auf etwas, das vorübergeht, sähe etwas fahren, sich bewegen, ein paar Bäume fächern über einem Kamin, eine Tasche vorüberrücken, eine Straße gleiten, fallen, sich breiten; schösse nicht dies Gefühl des ›Irgendwo, Unbekannt‹ in mir hoch, befreit von Namenwänden, frei; wäre nicht der Fuß frei von Bodenkenntnis und Scholle, frei von Gras, frei; frei von Drahtgeschling, frei von der Falle; frei und nicht klebend, mein freier Fuß: einnachten würd' ich, des bin ich sicher. Ließe ich es bei dieser Familiengründung und kein Fenster offen zu deinem Anderen Land, ich könnte dich nicht zum Partner machen und bekennen:

daß ich heilige, wenn ich sündige. »Steh auf«, kann ich sagen, und »ich schlachte den Jakob«, wenn die Fanfare in mir schmettert. Dies Gefühl, fraglos zu tun und in Knochen zu gehn. Dies Gefühl, dazusein bis zum Verzehr –

Grimmig hält ein Rotlicht die Autos in Schranken. Die Pflastersteine rütteln. Die Brücke ist breit und hell der Stein in der Sonne. Ein Tiefwasser treibt durch die Bogen, dem die Bäume ihre Blätter spenden. Das Rotlicht zittert, die angehaltene Meute dröhnt; es schüttern die Steine.

Zwei Zimmer in zwei Tagen. Eingezogen und ausgezogen. Ich kenne eine, die mich nimmermehr trifft. Salve Maria. Maria im Regenmantel. Maria im Pelz. Maria im Licht und Maria unter Laternen. Maria so gut.
Salve Maria.

Und jeder schreit nach Maria. Kreischende Bremsen. Wagenschlag. »Maria, du? steig ein, Maria, ich muß dich sprechen.« Und ihr Haar so hoch und so leuchtend das Auge. Maria, guter Mensch der Via Veneto.

Maria ist nicht zu Hause, Padrona?
Eben ist sie weg, und denken Sie nur: ins Pipistrel-

lo. Ein Gast verlangte nach ihr und kein beliebiger dies Mal, ein reicher Mann, der Direktor persönlich hat angerufen. Wir haben ein Abendkleid anprobiert, ach, war sie glücklich, Sie hätten sie sehen sollen! Schön war sie. Und wie sie lachte! Nur oben gab's was zu richten, wir stichelten in aller Eile, und sie sang so übermütig dabei. Das gute Kind! O Dio, wenn er sie nur nähme. Ihr eine Wohnung gäbe und genügend dazu, daß sie nicht mehr zu laufen brauchte, so krank, wie sie ist. Neulich sagte der Arzt: wenn sie jetzt nicht bald käme, sei keine Hoffnung, kein Jahr könnt er ihr mehr geben. So steht's. Aber sie hat keine Zeit, sagt sie, und dabei bringt sie rein gar nichts zur Seite. Immer geht alles an die Mutter, die ewig jammernde Hexe da oben im Norden, als bräuchte Marias Söhnchen solche Renten. Die nützt sie ja doch nur aus. Wenn sie endlich an sich selber dächte. Die Alte ließe und den Bruder, für den sie obendrein zahlt. Aber sie hört nicht auf mich. Zahlt und zahlt weiter. Und kommt um dabei.

Maria spaziert mir ganz aus der Fassung. Ihre Wege kreuzen mich nimmer, ihre Wege entlaufen meinem Verstand. Sie läuft an den Wänden, spaziert an der Decke, schreitet am Horizont. Ich kenne eine, die mir immer entgeht.

Und weißt du, was ich tat, damals, als mein Freund kam, sechzehn war ich in Turin, der Freund, der nachher verschwand, als das Kind kam? Gemalt hab' ich. Und der Professor meinte, es sei gar nicht mal schlecht. Gemalt also. Hat sie.

Maria mit ihrem Söhnchen. Ein mürrisches Kind.
Ich sah sie im Kino. Maria staunte andächtig der kolossalen Historie auf der Leinwand, saß sittsam mit heißen Wangen, und die bitter starrende Greisin daneben, fütterte den Jungen, daß er aufhöre mit Quengeln, fütterte ihn, bis er einschlief.
Alles schreit nach Maria, all die Ragazzi, Vitelloni in eigenen und geliehenen Wagen schreien nach ihr. Salve Maria, kommst du mit? Und jeder möchte sie haben. Aber sie ist nicht zu haben. Sie hat schon
eine Mutter, gierige Mutter
ein Kind
einen Bruder, jüngeren Bruder, epileptisch

eine Krankheit
und zwanzig Jahre und nie genug Geld
Da hat man sie ins Spital verbracht, als es sie wieder packte. Eingeliefert mit Taxe, Pelz und Tand blieben zu Hause. Eingeliefert Sonntag früh und gegen ihren Willen, kleines Köfferchen, blasse Stunde, weil sehr früh, und doch schon Wagen und Nonnen und Besuchervolk vor dem Portal. Und dazugehörige Stände mit Blumen und Früchten und Andenken wie vor dem Friedhof und Lautsprecher und blitzsaubere Polizei vor der Krankenkaserne. Aus grauem Stein ist der Saal und darin an die hundert Betten. Um jedes Bett eine spanische Wand und kalt wie in einer Gruft und feucht, ein Armensaal wie aus Vorzeit. Und Maria im Bett und Krankenhausnachthemd, frierend und fiebernd. Habe Tröstliches gemurmelt, von viel Schlaf, und Heiterkeit gekünstelt. Und Hand gedrückt, komme wieder. Und hinaus in den nunmehr sonnigen Sonntag.

Wie geht's der Maria, Padrona? Haben Sie Nachricht aus dem Spital? Was hören Sie Neues von Maria, Padrona? Geht's ihr besser? Sie sind doch da gewesen, was ist Ihr Eindruck? Ich höre nicht deutlich, Ihre Stimme tönt so barsch durch die Leitung, ja natürlich, Sie sind sehr beschäftigt, aber was ist los? hängen Sie nicht ein, liebe Frau.

Und wieder Abend auf der Veneto. Lichterglanz und dieses tierische Zittern. Wir wollen uns nur etwas Bewegung machen, Massimo und ich, an den Tischen entlang, den Bars. Moment, Massimo, wir gehn da nochmals vorbei. Da sitzt sie. Nein, nicht Maria. Entschuldigen Sie, Fräulein, ich hielt Sie für Maria. Was? Sie kannten Maria? Was soll das heißen: kannten sie? Weggelaufen ist sie, Massimo, weg aus dem Spital. Hast du sie gekannt, Massimo? Sie hieß Maria. Ich kannte sie. Sie lief mir aus der Fassung, aus allem Verstand. Ist nun gestorben, wie das Fräulein hier sagt. Tot.

Ich habe ein Wort gefunden, mein Vater, ein treffendes Bild: Da ist ein riesiger, Leben wälzender Leib ohne Form, ohne Anfang ohne Ende. Das ist der LAUF. Wir legen kleinste Exkremente als Zeugnisse unserer selbst da hinein, legen Willensimpulse ein und Meinungsabgaben; Voten; legen Hand an, Einfluß zu nehmen oder Richtung zu geben. Doch seine Lenden berührt es kaum. Die

Lenden des Laufs sind so gewaltig, daß unsere Ableger kleiner sind als ein Fliegendreck. Ja, wie die Fliege, die jetzt in meinem Zimmer summt, oder was ihr der Schauplatz, den ich mein Zimmer nenne, immer bedeuten mag. Da summt außer mir die Fliege, ahnungslos störend, unempfindlich für das, was mir Zimmer bedeutet: sie jagt, zieht ihre Schleifen durch nichts als Raum, für sie ist's ein Flugraum mit Wänden. Und sie ist noch jung, denn sie widersteht geschickt, geradezu mutwillig meiner Hand, die jetzt schon so oft danebenhieb. Aber endlich wird die Hand treffen und sie aus meinem Bereich schmeißen, indem sie sie auslöscht, die Schmeißfliege. Sie wird aus dem Lauf fallen. Wie wir.

Was gehn wir im Fremden, in Strömungen, Dunkeldimensionen, wühlende schwebende Wesen, entzückt von Ahnungen und fallend wieder. Was lebt sich um den Lebenden, mit ihm. Der einen Gang der Geschichte annimmt und zu sehen wähnt. Sich einrichtet, Einfluß nimmt. Der Politiker in der Landes- und Weltgeschichte, der Unternehmer in der Unternehmensgeschichte und der Liebende in der Liebesgeschichte. Alles Einbildung. Alles Gekritzel und Kitzel an den äußer-

sten Lenden des grauen, sich wälzenden Laufs, aus dem wir Miniaturübersichten herausblenden und Katastrophenhelligkeiten; winzige Räume. Und berührt's den Lauf? Wie die Politiker reden von den Geschicken, der Geschichte der Welt, was die Liebenden reden! Was müßte der sich selbst begreifende Lauf lachen, wenn er Politiker und Liebende, Historiker und Theologen reden hörte, ihn im Mund; lachen, Gott im Mund, Lauf, Bild vom Lauf, Verantwortung im Mund, Einflußnahme, Maßnahme ... lachen. Würd's ihn kitzeln, den Lauf?
Und die Liebe? Plätzchen besetzen im Lauf. Laternenschein weit. Ob die Liebe ist? »Da es dem Lebenden nicht vergönnt ist zu bemerken, ob etwas sei?«
Ich möchte nur eins: ein Pfahl sein. Mein Vater. Ein Pfahl, angenagt, ja, mit Bissen, mit Kerben, mit grauem Beschlag. Aber ein Stückchen lang dicht in sich, ja, wie die Pfähle für venezianische Gondeln, die ein weniges ragen; ein Pfahl, der ragt, nicht hoch, nur ein bißchen herausragt, aber in sich steil, aber in sich stark, aber stumm. Eine Gegenwart lang Pfahl im Lauf.

Aber so: in Zimmern, rosa von Markise, dumpfbraun von Warenhausmöbeln. Mietzimmerleben. Ausschnitt-Aufenthalt. Vorschlagsweise, die Szene. Gehört nicht mir, nicht dir. Austauschbar. Einem Film entnommen oder einzusetzen. Diese Tränenspur an der Wand? Wohl vom Vorgänger. Dies Bett mit dem Überwurf. Meine oder deine Mutter auf dem Foto? Wanddekoration, hübsch, Ahnungen von Eintritten und Austritten: hübsch. Denkt der Pfahl. Einer Lebensgeschichte, vieler Lebensgeschichten Herberge – gut. Denkt der Pfahl. Ein Zimmer. Sich hineinpassen. Lehnen, etwas trinken, Worte tauschen; in Lebensnischen anderer sich drücken; zu Bett gehn, aufstehn, Gaseinstellen, Lichtausdrehen; antworten, hören. Ein Platz. Akzeptiert, sagt sich, einverstanden ist der Pfahl.
Ein Zimmer. Ein Ausschnitt-Aufenthalt. Zur Gründung vorübergehender Szenen. Austauschbar. Armer Hund, stolzer Hund, produziert von Umständen, für Umstände und Momente des Staunens. Armseligkeit, fragliche Pracht. Und dann Einfall von Stimmungen in so ein Zimmer; und plötzlich ein Schmerz. Der keinen Anlaß hat. Sucht jetzt heim, was lange vorüber, was längstens

war. Verspätet, abgetrennt vom Anlaß. So wie das Licht uns erreicht. Emanzipiert, gut. Sagt sich der Pfahl.
Eine Reise immer in gläsernen Verschalungen eines Eigenabteils. Die Gefühle, die aufsteigen, gehören einem andern Abteil an. Ja, nicht mal das Leid trifft seinen Gegenstand. Schöne Reise. Denkt sich der Pfahl. Das Kind gegenüber singt vor sich hin: es war einmal ein Mann, der hatte eine Frau, die hatte ihn gestorben, weil ihr Mann sie hatte nicht lieb, weil er sie hatte nicht lieb. Der Wald ist weg, und wir sind da. Wir sind weg, und der Wald ist da. Weihnachten nah.
O blinde Fahrt. Und dann:

Zigarette drücken

Das weiße Würstchen Zigarette, ein Röllchen Gekrüll in Fingern, in weißem Papierchen, dies reinliche, weiße längliche Ding, ungeraucht, an die Mauer drücken, an der Omnibushaltestelle, an den Stein, dessen harte grobe Körnung, Garten dahinter in der Stadt, Bäume, Rom, nun kommt der Omnibus, grün und schwarz, ein Filobus, die Bügel, die schöne große Nummer, an der Seite die

Namen der Route, eine Stadttraverse in Worte gerafft, schiebt sich vorbei, hält, unter dem Signal der Omnibushaltestelle, ein Bürodämchen, ein Beamter, stehn etwas weiter, drei unzusammengehörige Wartende an der Straße, die Straße nur eine unwichtige Seitenstraße, aber mit Mauer, soweit der Garten reicht, den sie schützt, helle Straße, aber mit Einblick auf eine belebtere, mit Kinos, Banken, Büros von Fluggesellschaften, Geschäften mit gläsernen Seiten, nun kommt der Omnibus, die ungerauchte Zigarette, weiß und spröd, an der grobkörnigen Mauer ausdrücken, auf der Zigarette in die Mauer lehnen, der Zigarette, die nun reißt, spleißt, sich bricht, Knöpfchen drükken, eine Geste, bißchen grauer Himmel zipfelt herein, Bäume über die Mauer, schnell einen geliebten Namen wie in Windeln in behutsame Gedanken wickeln, einsteigen als schräger Hund, die Tür hat sich aufgefaltet, den Tritt heruntergeklappt, die stehn dicht bis zur Stange hinterm Schaffnersitzundtisch, der Schaffner zupft mit dem Rippgummidaumen das Billett ab, streicht Geld ein, wirft einen Blick zur hinteren Tür, die eben schließt, und einen hoffnungslosen in die Menge nach vorn, die den Fahrer verbirgt, der

nun anruckt, anruckt das Gehäuse, fahrende Abteil, das mich wegnimmt, während der Menschendarm mich weitervorpreßt, an einem Pickel, einem Gebrechen, einem Atemhauch, einem Pelz, einem Gesprächsfetzen nah vorbei, »erst an der Piazza Barberini?«, niegesehen jene Schrift über der Bar, die ich aufschnappe durch fremder Leute Schultern hindurch, die Stadt einlesen, unverständlich, kilometerlanges Gedicht in Wirtschaftsmetaphern, viele Blüten des Handels an Zweigen, warum geht die Milch nicht aus in der Stadt? warum ersauft die Stadt nicht in Milch? und wieder auf Straße, zu Fuß.
Die Nüstern der Straße, die Häuser, Mauern, Wände, warm von Geschäften, illuminiert, davor das Schieben der Leute, bewegliche Säulchen dunkel unter Mauerstein, die sich mischen, immer schönerer Tumult, Schnaufen, Kochen, Hörner, offener hitzig besuchter Stall vor's nachtet, auf dem Land wird's jetzt still, blaß und weit, o das Pantheon wuchtet, Berninis Geschöpfe stehn überm Tiber, die Gäßchen knurren, aber die Ristoranti treten mit allen Tischen und Licht über den Tischen heraus auf die Straße, Haut des mitgehenden Steins, dösende Nachglut, Aura, Hautaura, seine

Berührungen, alles da, alles bleibt, so viele Trattorien, so viel Espresso, viel Wein, so viel Stein, greifender Stein, ergreift und wird bleiben, dauern über mich hinaus, nicht zu beziehen, dauernder als jedes Aushalten und süß, kein Zugrundsteigen, kein Ausreichen für die Gründe. Fliegen können, jetzt, wie eine Rakete, und stürzen wie ein Geier und tanzen wie ein Riese, der Häuser entwurzelt, und wüstendurchschaukeln wie ein Kamel, etwas tun, um zu zeugen und den Kopf anlegen, wie das Schiff anlegt. Ein Jahrhundert schlafen und nicht in die Expreßbar, das Täßchen ist kein Instrument für die Antwort, antwortlos dasein, nicht. Müde sein und dennoch schlaflos, nur am Lebenstrog und nie daran:
Lauf, schlinge den Pfahl!
Tod, tanz mit mir!

Dritter Teil

Vater, ich muß dich von der Wand nehmen, einpacken muß ich dich. Wir reisen. Wir verlassen die Stadt.
Erst kommt das Meer von Erde. Entlangrollen an offenliegender Erddunkelheit. Schauen in die Vokale Braun, Grau, Ocker. Schauen. Erden aus dem Inneren, Haufen aus brockenden Schollen, die daliegen, geworfen, ruhig-rauh. Dann kommt das Meer von Wasser, Gischtlinien, die anrollen unaufhörlich. Tragen tanzende Kämme, aufgesetzte Kronen heran an die Baracken des Strands, das Obdach für trällernde, schnell verebbende Musik. An die in Linien zusammengezogene Sehnsucht, die Ufer heißt und in lauter Strandgut zerfällt vor diesem lebend Gedehnten, das kommt, geht, kommt.

Morgen und aus Rom hinaus den Bergen zu. Ein Weitevorrat von Himmel, ein blaues Weiß, gelb gebrochen, spielt keine Rolle, ein Laderampendarüber von einem Himmel, ein ungepflegter und ungefaßter Himmel von einem blauen Weiß, das ins Gelbe schielt, zügig, erfrischend, süffig, unter dem wir fahren. Piet prescht den breiten Kühlervorbau da hinein, tastet an den Knöpfen, und nun kommt auf dünnem Faden ganz groß Musik da heraus, die den Kühlervorbau noch ungehemmter preschen läßt, und die Musik lassen wir überall als Fahne zurück, nicht als Fahne, als Mähne: unsere Mähne. Sie wiehert hinterher und fetzt in den Himmel, der so hell, weiß, kalt und doch gelblich warm angeschmutzt und weit und flüssig und unbeachtet ist, wie er über Laderampen, wo Leute schuften und seiner nicht achten, erst frei werden kann. Wir jagen da hinein, es ist früh, wenig Leute, wenig Verkehr, Land selbstbelassen.
Die wiehernde Mähne, die sich sogleich zerfetzt hinter verlassenen Meterstücken, ein tolles Glück! Wäsche, in den Wind gehängt, Spuren, verschleudert. Und eine Lust ist's, das Land zu mißachten,

da ja keine Zeit ist. Verschenktes Land, aus dem preschenden Wagen geschleudert.
Sandhügel, Peststädtekegel, graubraunkühl in kommender Hitze. Riesenameisenkunst und Zeltstädte aus Sand sind's, in die wir kurvend verschwinden. Nur Tanksäulen und ihr Glasflitterbestand und nur glitzernde Bars sind unsere Realien, in Abständen unsere Staketen. Doch noch ist es flach, und Himmelflüssiges, immer gelber verschmutzt, und verflimmernder Boden ist vor uns im Morgen. Wir fahren da hinein und bleiben distant und fahren und preschen und sind immer davor, ein Spiegelfechten ist's vor der verschleuderten Weite, ein dauerndes jubelndes Grenzebedrängen, Schlittschuhlaufen am Scheibenrand. Ein rasendes Bleiben mit weitem Ausholen aller Glieder auf jenen Mond zu, den wir im Himmel nicht sehen, der aber nah ist nach unseren Karten und den Meldungen unserer Geräte, und je näher das Mondziel, je dinglicher seine Ahnung, desto kleiner, härter die Rampe, auf der wir fahren mit preschendem Kühlervorbau, mit wiehernd sich selbstzerfetzender Mähne einer Radiomusik, die unsere schmale Rute uns einfängt von einer fröhlichen Station.

Morgengymnastik! Spiegelfechten im Wagen auf Erdrampenrand im Spiegel der Mondwelt von morgen, die schon nah ist, wenn auch noch nicht sichtbar. Nur das: die klein gewordene Scheibe ausmessen, solang sie's noch wert ist. Ein rasendes Tennis mit dem Horizont, ein sinnloses Gefuchtel, immer nah und zurück, Rudern, uns bemerkbar machen unter dem schön geschwungenen, nun lächerlich elegant kringelnden, verfedernden Gewölk eines immer noch flüssigen Himmels. Und dann Hineinverschwinden, wenn wir's müde sind, zwischen die Kegel der sandbraunen Berge, der Zeltstädtehügel, der hitzegrauklaren Berge von Siena im Mittag. Einen Tanz, eine Tanzfigur, eine Figur da hineinleben, das Ansätzchen einer Figur, den Impetusculus zum Ansatz einer Figur. Leben. Hineinhängen da wie Wäsche direkt in den Wind ohne Leine.

Denn, Vater, die Nacht vorher hatte ich Maria getroffen. Maria sulle gambe di bambola. Maria poupée à composer et à décomposer. Maria getroffen. Trug hochgetürmtes Honighaar über rotem Ledermantel. Und ihr Gang – sulle gambe di bambola. Und die Augen so groß in den schwarzen Strichen und das Haar so hoch. Und die Gräben aus Schweigen. Verlebend verlebt. Verzehrend verzehrt. Salve Maria.

Wir fuhren schnell, wir ließen die Sachen zusammenwachsen, mit Tag und mit Himmel, wir erfuhren die Landschaftsillusion. Und während wir fuhren, siehe da, Maria erstand. Poupée à composer.

Das Einbrechen der kalten Luft, wenn man die Scheibe herunterdreht, die Woge Flachland und die Woge Himmel und die Bedrängung Stadt und wieder Wellen Hügel und dunkel wird's, Lichter, nun Regen, die Scheibenwischer, und Zurücksinken, wenn der andere fährt, und die gestreckten Füße stoßen in den Stoß der Motoren, o und die Wirbel aus Nimben des Kopfes und der kleine Freiraum, leergefegte Freiraum, der echt ist um die Stirn. Dies kleine Reine im rasenden Intérieur, da steigt Maria ein, da ist auf einmal das Schwingen der Stimme, wie im Traubeninnern, da ist der Blick, wie vom Leuchtturm fallend, und alles gruppiert sich von selbst darum für ein Atemanhalten, weil du frei bist, während Wagen oder Zug eilen, rasen, drängen oder's nur dröhnt und summt, weiß nicht wo, nicht wohin, still ist's, weil's lärmt, drin bist du, weil du ausfällst, da geschieht's: ein Ganzes rückt ein um den Blick, um die Hand, Menschenhand,

Mariahand, die vielleicht grad sagt »come sto bene con te«, und die dunkelroten, so glattschmalrunden Nägel auf der weichen weißen Hand sind da, sind auf dem Tischchen, legen sich auf deine Hand, auf dem Tischchen, wo gegenüber einer so süß intoniert auf Piano, das Pflaster spürst du draußen, das Deckelgewölbe, den Fall des einen Blattes ganz, genau dem bräunlichen Asphalt entgegen, die Mauer, die Art, wie es jetzt leiert von der spätnächtlichen Straße vor dem einzelnen offenen Lokal, alles, den Moment, hereinstürzend in den Moment einer kleinen beliebig sich anzündenden Laterne in einem Lokal in Rom, entzündet durch zwei Fremde, Mann und Frau, die grade nichts sagen, weil sie's haben, eine Sekunde lang die Welt, die begeisterte Welt, haben. Steigt auf im Wagen, der rast, oder im Zug, der rüttelt und rast. Rückt ein, wenn du dich aufs Rad flichtst, Rad der Bewegung, um endlich Stille zu finden. Ist da, Aug in Aug, guten Tag.

Damals –

Nach laubbimmelnden Ebenen, verstaubt, mit Rändern aus graukrausen Hügeln, setzt sich im-

mer stärker Gleißen durch in der Luft, saugt die Weite auf, schafft Öffnung, in der Brust zu fühlen. Entlangfahren am Meer. Anders das Meer, Metallreflexe schaukeln auf Wellentellern, daraus die Pfahlstummel ragen, stumpf. Die Bänke, Stege zum Vaporetto. Die über Wasser schaukelnden Koffer. Das Wiegen jeglichen festen Dings auf immerbewegten Schalen aus Wasser, auf die die Lichtspeere fallen, Geschmeide-Gefunkel, betörend, das wiegt, pendelt, pendelt den Kopf leer. Das Schnattern und Tönedurcheinander, Bazargekreisch. War's schon einmal? Stehst ohne Willensrüstung, machst die paar Schritte auf dieser königlichen Rampe. Über das Wasser fährt ein Eisenbahnzug, fährt ein Lastwagenzug, drüben die Kuppeln, ihre Lichtfängerei, Goldalchimie. Müdigkeit des Angekommenen. Bannkreisgefangenen. Seine Ergebung. Es rieseln Goldtand und Kettengeschmeide durch die Stille, alle Brücken springen krumm, Paläste dichten Bogen, Fassaden und fabeln bröcklig, kein Boden, alles wasserunterspült, kein Baum, kein knurrendes Auto, nur Trittgeflüster, Gehechel.

Ein Begräbnis zu Wasser. Totenpomp. Die schwarzen silberbeschlagenen Gondeln, die Witwe sitzt

im Sarggehäuse. Alle Namen totentraurig. San Barnabà, San Zaccaria. Stationen, von Schiffen besucht und beräuchert. Leben kürzeste Bühnentat. Der Fischmarkt gleißt, die Sprache gleißt, die Leidtragenden bleiben als schwarzer Klumpen, vom Priester bewacht, zurück. Als Hund diesen Mond anheulen. Aber der Hund hat dich von hinten am Mantel gepackt und geht zweibeinig mit. Dein Begleiter.
Nachts die dunklen blinden Kanäle in Zattere, verworfen daliegende Boote in einem Aschenfluß von Vergessenswasser, das die Seele angiftet. Der Wind flattert in Tüchern, treibt Blätter auf, die sich als Hände an ein Eisentor klammern, Wasser dahinter. Weiter, die allertraurigsten Namen anfahren, San Zaccaria, San Barnabà.
Nehmt die Sonne weg. Äschert die Stadt ein in eine traurige Tulpe. In eine schwarze Rose, die seiden knistert, dem Wind zum Fraß, dem Licht zum Fraß!

Ich kann es nicht sagen, mein Vater, vielleicht kann ich's reisen.

Reisen. Nur das grüne verschwitzte Leder, rauchsauer, ist da, das Abteil eng im Geviert, unter mir die hart rasenden Räder. Größte Zieleile, keine und alle Zeit und nichts tun. Die Landschaft bestreicht dich vage, viele Orte, Dörfer, auch Städte, Tag und Nacht werden verschenkt und verschleudert, Gepäck ist wenig bei dir und überm Kopf im Gepäcknetz, die Kleider kleben, das schweißt sich alles ein in die Haut, nur ich bin noch da, heiß und kalt und beschlagen von Dingen. Das ist nun irgendein Abend, ein Himmel, die Sprachen wechseln. Etwas rauchen, etwas essen, der Magen krampft genauso wie die Kleider schrumpfen, die längst kein Objekt der Pflege mehr sind, nur verschwitzte Haut. Die Gedanken irren auch, die Erinnerung mischt sich, das wirbelt zusammen, hämmert, schleicht, trübt und welscht, das wird nicht mehr reden und schwatzen, das wird wenig und mehr: ein Bedürfnis melden, eine Frage tun, eine Auskunft geben, ein Brot herschenken, einen Schluck kriegen, eine Hand reichen, eine Schulter anbieten. Wenn's lang genug dauert, bist du herrlich leicht, Abend ist Abend, kalt ist kalt, Sonne ist Sonne, Hunger ist Hunger und nicht Ravioli oder Sauce Béarnaise. Das ist nicht mehr Langeweile oder Ungeduld. Das wird ein Zustand, licht und ernst, während die Räder rasen Stahl auf Stahl. Das wird ein Freiraum, dieweil du mit der metallenen Flanke der Zugschlange Länder bestreichst. Das ist der Freiraum, das fliegende Zimmer, das wird ein Platz, der dein ist und frei ist. Da spürst du deinen Leib, der kein Kleiderständer mehr ist, da spürst du die Knochen. Da fliegen die Schalen, da schält sich der Apfel von selbst. Da bist du draußen, die Welt hast du und bist nicht ihr Sklave. Da hockt sich vielleicht dein Bruder zu dir, da kannst du dir mal gegenübersitzen, kannst gar nicht anders, da steigt etwas hoch, unverkleidet und ungeschminkt einmal, da kannst du dich hintragen. Die Glieder gebunden, die Sinne verstrickt in Bewegung und rollendes Land, man hat's und kann's nicht erreichen, da bleibt und kommt, was man wirklich hat, steigt ein ins Abteil, ins fliegende Zimmer, setzt sich hin, guten Tag, Aug in Aug, du hast's gehabt. Kannst's vergessen, es ist. In einer Landschaft, bei Port-Bou? Kann mich nicht erinnern, ist aber, hatte sich hingesetzt, hatte sich abgesetzt, ist wieder abgetreten, hast ihm gegenübergesessen, in einem fliegenden Zimmer, wo man nichts tun kann, ist gut. Die Reise hat's hingeführt. Es ist eingetreten. Auf der Reise.

Da leben sie, und es lebt sich immer jenseits von ihnen. Sie schauen nicht in den Himmel, sondern in den Zenit des Torfverwertungsunternehmens Gallhagen, unter dessen Gewölbe sie sitzen, nicht in den Mittag, sondern aufs Plakat ›Wir lieben Maggi-Würze‹ in der Mittagstrambahn, nicht in die Zukunft, sondern auf den Termin.
Sie leben in Hauptsachen. Die Hauptsachen sind grau, wuchtig und voluminös, jede Stadt hat Städte von Hauptsachen. Haupt in Haupt und Sache in Sache geschachtelt.
Hier Hauptsache, grau, wuchtig und voluminös und da Hauptsache, grau, wuchtig und voluminös und drin immer kleinere und darüber immer größere, das Leben ist versacht und verschachtelt, ein jeder weiß es. Und dazwischen der Zwischenraum, und der ist genau. Und in den Hauptsachen und Zwischenräumen zwischendurch lebt der Mensch. Er entstirbt der Hauptsache und dem schlimmeren Zwischenraum, um endlich ewig zu leben.

Und da leben sie, mit Ahnungen von außerhalb. Leben von Ahnungen. Wie sich das fortsetze, Geschehen in jeder Richtung, Vorhandensein, unausdenklich. Eine Stadt. Und der Stadt schauen Städte über die Mauern. Füllen ein Land an. Dem Länder gegen die Grenzen drängen. Und die Länder werden von Gedanken fortgetragen.
Taumeln in eine immer noch fernere Abkunft und Ankunft, ein Verwobenes, einen dichtvorhandenen Raum ohne Anfang und Ende. Geraten ins Schwindeln und nennen es Ewigkeit, das Ding, in Ermangelung besseren Wortes. Tun weiter nichts, als dem standzuhalten, der Vorstellung Ding oder Ewigkeit, unverständlich. Und kaum haben sie's gelernt, entfallen sie ihm. Hauchen aus. Kaum zu existieren begonnen, kaum einen Bissen vom Ewigen heruntergebissen, wird ausgehaucht. Und immer nur in Hauptsachen gegraut und gezappelt.

Liegen so auf einem Schneeteppich neben einem Wagen und werden von der Polizei fotografiert. Wie ein schlafendes Kind, sagen die Nachbarn und schlucken, bei der Betrachtung des Bildes. Und keiner war beigestanden, so allein. Dies Lachen hatte er und jene Art, den Kopf zu bewegen,

und war immer so schüchtern, lief immer nur am Rande mit.
Und kommen in Taxen von der nächsten Bahnstation angefahren, um letztes Geleit zu geben. Die Abdankungshalle vollgedrängt von Abschiednehmenden. Vorn die nächsten Angehörigen, schwarz, bleich, in Dauererschütterung. Der Sarg. Dieser letzte Anzug, lang und schmal. Dies Holzschiff. Da drin liegt er. Unter Blumen und Kränzen. Aber das Sargschiff ist aufgebockt zum Stapellauf, es wird in die Grube auslaufen. Ein Leben, endgültig totgepackt.
Chorgesang. Von Nachrednern stockende Würdigung. Unbeweglich zeigt das Sargschiff zur Kirchentür, zeigt es die Richtung des Stapellaufs an.
Dann wird er getragen. Wie das schauern macht. Kalt ist's um das Grab, kalt ist dieser Friedehof. Gefroren. Die Trauergemeinde, die Massierung von Frierenden um einen Fleck. Stöße der Erschütterung. Das Herunterlassen der Sarggestalt. Die Sarggestalt sinkt. Ist den Blicken entzogen.
Abschiedsworte in die Gruft. Ein jeder geht vorbei, Erde und Blümchen zu werfen.

Das Leben paßt nicht in einen Sarg. Das Leben paßt in den Tod. Der Tod ist der Scheinwerfer, der es aufbäumt, der es emporschleudert. Der es einfaßt. In die Tatsache des Todes. Die einzige, an die zu glauben ist. Der Tod ist die Fassung des Lebens. Er strafft es, er ist sein Stolz. Das Leben, vom Tode erbaut. Das Leben, vom Tode her aufgebaut. Mort – déclarateur de vie. Ich glaube an den Tod.

O die Hallen, die Märkte des Lebens, vieler Leben, nie einzuholen, nie einzunehmen mit Fassung: im Stein sind sie untergebracht, ins Schweigen gebracht. Aber der Stein sprießt, die Sonne fingert ihn, die Sonne lädt ihn, er blüht, er sonnt. Der Stein ist ein herrliches Lebensgrab. O Garant Stein. Alles drin gewesen, alles daran gewesen, alles hat ihn berührt, betreten, belehnt, er ist voll davon, er vergißt's und weiß davon, er sprießt und schweigt. Der Grabstein. Der Lebensstein. Der weiß es. Den kitzelt's davon im kruden Fell. Den Rückenkerl. Ich liebe den Stein.

Vater, Bildnis, fremdländisches, du nur Schauer, du Schweiger, unter dem Hut mit der traurigen Krempe. Und nun in meinem Koffer: wir fahren, wir fahren ins Andere Land.

Wir müssen uns als Tote betrachten. Wir brauchen den Totenpaß, den Tod. Tod, der die Plätze ordnet. Der die Punkte setzt. Der herausschleudert aus der Stipendiatenlage. Tod, o Hort, o Sarg zu leben.

Vater ist. Denn er ist tot. Gestorben und: Tod.

Du liegst da. Und sie stehn dir zu Füßen: Großmutter, Mutter, Schwester und der Hausarzt, der Arzt mit der papierenen Gesichtshaut und der Brille, unser Arzt, und ich. Dann schluckst du, weil du keine Luft bekommst, möchtest etwas sagen, aber da liegt die Zunge dick quer und versperrt. Dann schluckst du nochmals, es ruckt deinen Kopf hoch, so stark, daß die Zuckungen bis in die Füße laufen. Dann liegst du still. Frei, die weiße Stirn unter dem tiefschwarzen Haar. Still. Und der Arzt löst sich aus unserer Fußendengruppe und schließt dir die Augen. Du hast ausgehaucht. Zwei letzte und furchtbar angestrengte Atemzüge hast du getan. Und bist dem Ding entfallen. Hat's wehgetan, Vater?

Und ich? Ich habe es nur nicht verraten, daß auch ich tot bin. Ich erinnere mich.

An diesem Morgen werde ich unsanft geweckt und aus dem Schlaf gerissen, die Frau will saubermachen. Draußen hat es geschneit, ich bin unwirsch, ich habe keine Zeit mehr, mich lange zu waschen, die Möbel werden bereits gerückt und geschoben, die Frau hat es eilig, ich renne auf das Klo, starre meinen Kot an, ich wundere mich plötzlich über diese Därme- und Verdauungsmaschine, die man da immer mitsichträgt, wundere mich angesichts dieser Endform, in der uns alles, was Apfel hieß, Traube oder Fisch, trüb verläßt, man begreift davon nichts, ich laufe frierend auf die Straße, nüchternen Magens, ich will gar nicht in jene Straße mit der hohen blanken Front ineinanderverschliffener Häuser, das Straßenbett, voll von bräunlich vermanschtem Schnee, ist auf einmal eine Wiege und beginnt zu schwingen, ich habe ja gar nichts zu tun da draußen, bin einfach aus dem Hause gejagt, früh auf und ziellos, laufe immer angesichts der schwingenden Wiege der braunen Straße, die Blicke habe ich an der Dachrinne, halte mich fest daran, sehe etwas darüber ragen, ein härtliches

Ding, kantig und groß, laufe darauf zu, es löst sich ein wenig, wird doch nicht fallen, der Eisklotz? und fällt. Und ich endgültig in diese Wiege gelegt. Heraußen aus diesen Mauern der Häuser, die sich zu Mauern einer Stadt fügen, voll von Leben, und dahinter immer andere Mauern, eine schaut der anderen über die Schulter, soweit man denken kann, alles voll Tag und Geschäft. Und ich endgültig draußen. Ging weiter, keiner mehr grüßte, der Bäcker nimmt keine Bestellung entgegen. Entfallen. Ich erinnere mich. Warum dieser sinnlose Tod? Konnt' es nicht glauben. War unterm Eisklotz durch den Tod gegangen. Vor langem schon. Ich erinnere mich.

Vater, wir fahren ins Andere Land. Ich kenne es längst. Aus der Zeit, da ich tot war, da ich lebend war.

Wir fahren ins Andere Land, mein Vater im Koffer. Gott! ist's da hell und schwarz, Gott! ist's da wild und mild. Man wird mich an den Pfahl binden, die Sonne wird scheinen, und die Salve wird ertönen. Lachen werde ich und in die Höhe fahren, es werden nur baumelnde Stricke bleiben, untergehn, untergehen werde ich.

Ich kenne das Land, hat eine finstere Sonne, und das Schiff ragt herein.
Ich weiß, es liegt am Boden, auf Grund, Straßen halten es fest, Gitter gürten es, Laternen pfählen es. Kehrichteimer und Wagen dienen als Pflöcke. Und das Leben geht da nie aus. Gott! ein Blumenstand! werde ich rufen, ein Schuhputzer! ein Kübel! Überall schießen Fenster auf, die Straße plätschert. Mir gehört das Land. Ich habe nicht Arme, mir wachsen Riesenbäume, wenn ich gestikuliere. Wenn ich lache, hält alles ein. Ich kann die Straßenbahn umlachen. Arena, dunkel. Angekommen, man weiß nicht wie. Nachts? mit einem Boot? woher? Einfach angelegt.
Angelegt, und das Leben angelegt als Kleid. Nie nie die Stimme dämpfen. Nie den Kopf senken. Draußen, und das Leben geht da nie aus. Wenn ich atme, heben sich alle Häuser mit auf meinem Kleid, drohen zu stürzen, und das Meer bricht ein. Wenn ich tief atme, kann die Stadt platzen. Eins sind wir in meinem Kleid, das Leben und ich.

Vater, wir reisen.
Räderstöße und rüttelndes Bankgestänge, das saure Leder, die fliegende Erde, Halt und zitternd

dröhnendes Immervoran, die wandernde Dunkelheit, die wechselnde Sprache, der Happen da und die Flasche dort, Gepferchtwerden und dann wieder Herr im Abteil und immer das Dröhnen und keine Zeit und die leichte Pfütze Stille und Raum in diesem Keine-Zeit. Das spielt mit deinen Gliedern, nimmt dir Gedanken ab und Gefühle, schüttelt dein Gebein, gibst das ab und tauschst die leichteste Stille ganz innen.

Der Zug. Kalesche in Zugverkleidung. Schaukeln. Graue Polster in dem hölzernen Zimmer in Fahrt. Draußen Hügel voller Erhebung. Hügel in Aufstand. Den Hügeln zu Füßen Wartende, schwarz. Voller Auflehnung, stumm. Im Fenster eine starr abweisende Straße, an ein altes wartendes Auto gebunden. Schwärze rieselt im Grau. Bäume. Kübel. Taghelle Verdunkelung ist in diesem Schlauch der Zeit.

Platz mit schwarzer Hitze und Luft mit feuchten Tüchern. Häuser schwarz verhängt, Gestänge aus Eisen, schwarze Segel, Gestänge, Klosterbaum. Wirbel, Wirbel von Trommeln. In dem Zeitteich in der Zeit.

Häuser, Laternen gesteift. Alles prangend von Trauer. Abgeschieden, sauer und voll Leere der

Saal. Die Wirbel steigen, die Flut steigt. O das Schwarze steigt. In jedem Haus, in jedem Menschen das Schwarz. Im Anderen Land.
Wir sind da, mein Vater. Laß uns singen.

Lieder um die Vergeblichkeit, um der Vergebung willen.

Ich würde mich rüsten, den Helm anlegen mit dem Federbusch und die rotschwarzschwarze Schärpe und das gerüstete Pferd besteigen, und der Panzer spreizte sich steif, und ich würde die Lanze aufstecken und auf die Lanze den Wimpel, o eisengefiedert und gespreizt, und wir würden uns straffen, Lanze, Pferd und ich, aufrichten ganz steif in Erhebung und zu schreiten beginnen, staken und schreiten, und der leise Wind und wie die Erde tief ist von da oben, ausziehen würden wir, gepanzert und gestrafft. Wir würden unseren Tod rufen, und ernst und in der Wolke unserer ernstfinsterschönen Asche würden wir ausziehn und der Sonne nicht achten, ausziehn mit unserem Tod gegen den Tod.

Ich habe kein Pferd, keine Schärpe und Lanze, nur den Busch, nicht aus Federn.
Aber ich kann auf der Bank sitzen, dem hölzernen Stuhl mitten auf der Straße. Im Korridor auf geäschertem Katafalk. Alle Häuser haben schwarze Schürzen um und die Gesichter verschleiert, Aschenpuder auf den Wangen und rücken an um den Verkehr. Schauen sich an den Verkehr, die alten ratternden Wagen. Aber unten glitzern die offenen Verschläge, lohen und rauchen, und die Straße lechzt hinein in die offenen Türen zu ebener Erde, und grün müssen die Bäume sein über mir, über dem Korridor, die ich nicht sehe, nur höre mit den Völkern der Vögel in der Nacht. Auf der Bank auf der Straße nicht sehe. Nur die Stände in Flammen, Schatten der Passanten, die Köpfe in Reihen, dies Hinziehn unter Bäumen mit Vögeln zwischen Bänken aus Holz auf dem Asphalt. Und das gefiederte Schiff, das Schattenschiff, getakelt zur Fahrt.
Und sitze, grau rieselt die Stille. Allgegenwärtig das Schiff. Die Bäume im Stein und die Vögel der Nacht und die Stühle. Warum Stühle, Holz auf dem Stein der Straße und die Vögel in der Nacht? Warten. Muß auf Grund sein, ist alles so

still und nicht greifbar, nur dies Vorüberziehn. Muß auf Grund sein, ist alles so steil und nur Flüstern. Und prächtig. Müssen auf Grund sein, Vater, es rieselt die Asche im Sand. Angekommen, mein Vater, es hängen unsere Gefieder, nur die Vögel zwitschern zum Aufbruch im Korridor stockender Zeit und alle Lampen blühn schwarz. Angekommen. Zwei Steine.
Hör mich an, Vater im Stein! Möchte mit dem Kopf durch Schwaden roter Dünste ziehn und nichts schauen. Müßte ein Horn voran, die Kastagnette müßte rasseln.

Rom – ich erinnere mich.
Abends wuchsen der Stadt viele Hörner. Eines hatte angestimmt, langte langanfragend quer durch die Luft, und da, Hügel höher, antwortete ein zweites. Das Tierhaus erwachte, es war die Stunde.
Die Hörner, aus allem Stein brechen sie vor, mukken, bellen und belfern. Das rottet sich zusammen zu Verbänden aus Brüllern, tausendfach, die Stadt war nah, mit allen Fenstern, mit allen Plätzen, Gehegen, mit jedem Zimmer und Käfig, mit Pärken und Brücken, brüllend nah. Dunkel, laut, sie zitterte, die Stadt, mit den Millionen Geschossen, be-

bend unter den Hupen, die sich rotten, zertrümmern und flechten, zerfletschen und dichten, bis alles steht. Bis alles stand, bis die Hupen sich sammelten zu großen Achsen des Fragens, zu heiseren Bahnen des Begehrens, die ragten durcheinander in allen Tönen der Leiter, heiser und tief, geduldig, quellend und trüb.

Das liebte ich, die chromatischen Stege durch alle Mauern hindurch, durch alle Wände aus Stein, alle Kunst, alles Leben, jeder eintönig beharrend, eigensinnig begehrend. Die aus unzähligen Schlünden entsandten, heißheiseren ragenden Ströme. Geduldig, quellend und trüb. Das gute, das gutgutturale Gebrüll in den Mauern, das Steinhausgebrüll, aus den Tiefen. Sein ›Jericho‹, und die Mauern fielen nicht hin. War in Rom und nie hineingekommen nach Rom.

Aber leise dampfte das Orchestrion.

Alle Wände mit Schatten gefüttert, alle Wände aufgehoben, das wenige Licht war warm. Wenige Atemwolken Licht, in dem die Tische, die Leute nur noch zu ahnen waren. Raum, außer Zeit, außer Tag. Außer Nacht, Raum mit ehrerbietig weichen Händen. Brich ihn nicht, sei behutsam. Das war der dunkle Saal, der durchging. Statt

Türen Schatten. Und leise dampfte das Orchestrion.

Die eingewickelten Bässe, wo? federn, stampfen, weit das Lokal, ampio, nicht zu sagen, Labyrinth. Das gasrote Licht, ungreifbare Licht, ging ungehindert alle Wege, der Gefühlsteppich, nicht gespart, wallte. Die Bläser schwingen gedämpft, Handschuhe trägt die Batterie. Die Deckel, Dekkel der Batterie, ihr Auf und Ab, oh, weit, grenzenlos das Lokal. Die Trompete nahm mich an der Hand und mit auf wimmernde Wege. Goldenes Horn. O tragendes Metall. Es wird nie ausgehn, das Feuer ist nie ausgegangen auf dem Herd der Musik, schwelen, dampfen durfte der Herd der Musik.

Blieb, bis alle Tanzenden Tote waren, Geister in der Höhle von Steenfoll. Bis nur noch die Deckel Musik machten in meinem Wesen. Blieb bis zur tropfenden Müdung. Im Nachtasyl, wo mein Platz war. Im Wartesaal. O in der Garderobe für alles.

Ja, und einen grünen Friedhof hatte ich, der war so friedlich vorhanden. Einen Friedhof mit hängenden Wegen, mit Quartieren von Gräbern. Eine ordentliche ruhige Friedhofsstadt in der Stadt. Als ich klein war. Und ein Grab. Das lief nicht weg. Der lief nie weg, der darin ruhte, mein Vater du, unter dem knappen länglichen Beet. Dich konnte ich gießen, Vater, da unten im Grab. Einen grünen Friedhof hatten wir zusammen, den du mir schenktest. Und ließest gedeihen dein Anderes Land. Das ich mir nahm.

Rom – ich erinnere mich. Bin nie hineingekommen.
Aber, dieser Mast, der mir wächst, dieser Springbrunnen, Ölturm, der hochschießt, Salz-, Pfefferturm, Flaggenmast, den ich erhebe, um wes willen? Der Pflasterstein, der Blick auch nur andeutungsweise einer Liebenden, der Geruch einer Bar auf die Straße hinaus lassen's hochsteigen in mir, dies Unerreichbare, Gefühl eines Lebens, das nicht ist oder fern ist, unerreichbaren ewigen Lebens, das dennoch daliegt in dieser Welt, die ich nicht mag und um die ich mich verzehre. Das geringste Quentchen Außen löst's aus in der Stille meiner Niemandszugehörigkeit, dies Prangen von Ahnung und über alle Grenzen hinaus Mehr-davon-Wissen, das ich in mir trage, durch Straßen der Länder trage.
O die Gebärde tun, die das ausdrückte. Die Fi-

gur tanzen, die das zurückließe, in entsprechendem unaufbrauchbarem Zeugnis. Die Gebärde. Die durch die Gedanken Beliebiger segelte, wenn sie sich zum Schlaf legen oder das Glas oder die Gabel heben, und sie denken läßt: dieser Kerl, wie der lebte, vergeben sei ihm.

Aber da ich nie herankomme, an Rom nie herankomme, an das Ding, nehme ich, was immer, den Pflasterstein, den Nachttopfdeckel, die Zigarette, das im Rinnstein verderbende Gemüseblatt und das Polster des Schnellzugs und deine Augen und deinen Schnurrbart und dein Holzbein und deinen Leberfleck und den Stein und den Stein und den Stein und den Stein und den Pflasterstein und die Eisenbahnschiene und und und
singe darauf. Im Anderen Land. Vom Ding, das nicht Rom ist. Ein Ding. Ein Land? eine Zeit? eine Lebenszeit? Ein Ding. Ein Canto darauf. Ein Canto.

Nachwort

Canto ist der eigentliche Beginn meiner künstlerischen Laufbahn. Den vier Jahre zuvor 1959 erschienenen Erstling *Die gleitenden Plätze*, ein kleines Buch mit Kurzprosa, nenne ich einen Anlauf, nicht die zählende Ouvertüre, wenn er auch ein gewisses Talent ankündigte, auf das Leser wie Max Frisch, Ingeborg Bachmann, Carl Seelig, Armin Kesser, Reinhard Baumgart aufmerksam wurden und reagiert haben. Der Charme der *Gleitenden Plätze* ist eine Art Unschuld, eine künstlerische Jugendlichkeit, eine Art keuschen Wagemuts. Dagegen *Canto*: ein Überschwang, ein künstlerischer Lebensantritt, ein todesmutiges Ichgefühl. Wie immer ich es nennen soll, was zählt, ist die damalige Lebensbedingung, und die heißt Freiheit.
Ich war eben gerade dreißig und durch meinen römischen Stipendiatenstatus in eine nie gekannte

Freiheit, ein Freiheitsjahr, entlassen. Ich war ja bis dahin als Werkstudent und voreiliger Familienvater mit zwei Kindern immer in Ketten gewesen, zuletzt Museumsassistent und Kunstkritiker. Ich war gewissermaßen um meine Jugend geprellt durch diesen meinen Status, wenn man von einer frühen Initiationsreise kurz nach der Matura (und nach dem Krieg) nach Süditalien und Ischia absieht. Und nun war ich frei auf überwältigende Weise und dies in Rom.

Den Platz am Istituto Svizzero di Roma hatte ich auf Einladung des damaligen Direktors Gustav Grossmann erhalten, das dazu nötige Kapital durch eine Bettelaktion meines Freundes Professor Paul Hofer, der, auf meine Kunstkritiken in der *NZZ* auf mich aufmerksam geworden, der Ansicht war, eine Sinekure würde sich bei mir künstlerisch auszahlen. Zu dieser Meinung hatte ihn auch mein Erstling verleitet. Kurzum, nun war ich durch ein Bündel günstiger Umstände sorgenfrei in Rom zwischen Dolce Vita und Antike (was ja in Wahrheit ineinander überging) in einer lebenslang vermissten Disponibilität. Ich tat nicht viel, ich ließ mich treiben, ich war ja ohne ein formuliertes Projekt in Rom eingetroffen. Ich lief dem, wie ich

meinte, bislang entbehrten oder verpassten Leben nach. Ich wollte es schreiben und mich selber darin als römische Kreatur zum Vorschein bringen.
Nach einem, wie ich meinte, vertanen Jahr kehrte ich mit leeren Händen nach Hause zurück und wurde erst einmal leitender Kunstkritiker der *Neuen Zürcher Zeitung*, doch nicht für lange. Anlässlich eines Besuchs in Barcelona im Auftrag der Zeitung entgleiste ich in einem folgenschweren Abenteuer (das ich in *Untertauchen* beschrieben habe). Das Abenteuer kostete mich meine Familie und die bürgerliche Laufbahn. Jetzt war ich bereit, mein römisches Buch zu schreiben.
Ich trat das freie Schriftstellerleben als alleinstehender Junggeselle und Arbeitsnomade in billigen Unterkünften, allerdings mit einem überdimensionierten Kraftgefühl an. Schon bald meldeten sich Verlage bei mir, so Piper in München mit dem damaligen Lektor Reinhard Baumgart. Auf Max Frischs Anraten hielt ich mich vorerst mit einer Vertragsunterzeichnung zurück, weil sich die Suhrkamp-Leute Siegfried Unseld und Walter Boehlich in Zürich angesagt hatten, zu welchen Frisch den Kontakt herstellte. Ich habe über die für mich sagenhafte Begegnung im Hotel Urban

im Journal *Die Innenseite des Mantels* referiert: »Ich hatte, als ich das Hotel betrat, einige Romanskizzen bei mir und außerdem einen auf Tonband gesprochenen Text, Entwürfe, Sprachmuster. Im Hotelzimmer spielte ich das Tonband ab, las aus den Skizzen vor. Das Zimmer ist eng, wenigstens in meiner Erinnerung. Siegfried sitzt in jener schlafähnlichen Versunkenheit da, die im Konzertsaal vorherrscht, den Kopf geneigt. Ich sehe ihn fragend zu Boehlich blicken, sehe diesen nicken. Die Fragen betreffen den raschestmöglichen Abgabetermin, meine finanziellen Bedürfnisse zur Überbrückung fehlenden Einkommens, das Vorgehen – die Bedingungen, die gleich in einen Vertragsentwurf aufgenommen werden.

Ich war als unbekannter Passant ins Hotel gekommen, und nun ging ich einigermaßen benommen zum Aufzug und als Suhrkamp-Autor auf eine Straße hinaus, die wie niegesehen dalag. Alles war neu, die Zukunft stand scheunentorgroß offen.«

Als Frist bis zur Manuskriptabgabe hatte ich nicht ganz ein Jahr angegeben. Ich überschritt die Frist um wenige Monate. Unseld stellte einen Welterfolg in Aussicht. Das Gegenteil war der Fall. Nach

Erscheinen des Buches dauerte es sieben Jahre bis zum nächsten Prosawerk. Ich nenne sie die sieben mageren Jahre.
Canto ist, wie gesagt, das Produkt einer unverhofften und ungehemmten Freiheitserfahrung. Und eines dementsprechenden Staus. Ich wollte mir das (verpasste) Leben in einem literarischen Kraftakt aneignen. Ich hatte nichts (Bestimmtes) zu sagen. Ich wollte alles sagen. Alles auf einmal. Und Rom war nicht einfach der Rahmen. Rom war die Quelle, die Taufe. Sieg oder Untergang.
Den Titel hatte ich zusammen mit Ingeborg Bachmann ausgeknobelt, mit der ich mich damals öfters traf. Er ging auf mein kurz zuvor veröffentlichtes Prosastück mit Überschrift »Canto auf die Reise als Rezept« zurück. Außer der Bachmann verkehrte ich damals intensiv mit Armin Kesser, dem ich das Buch gewidmet habe.
Er war der Sohn des deutschen Dramatikers Hermann Kesser und einer Schweizer Soubrette, er gehörte altersmäßig zu meiner Vatergeneration; und war von Berlin, wo er im Brecht-Kreis verkehrend für den *Börsen-Courier* geschrieben hatte, nach Hausdurchsuchungen durch die Nazis nach Zürich ausgewichen, wo er als Privatgelehrter arbei-

tete, ohne Anstellung, als Essayist. Sein Arbeitsgebiet war neben Kunst und Literatur auf Psychologie ausgerichtet, ich erinnere mich an ein Arbeitsvorhaben über das Wesen der Rolle. Er war ein glänzender Stilist, für mich weniger ein Mentor als ein Richtmaß, auch Erzieher.
Es scheint, er sei mit Musil bekannt gewesen. Er hielt die Totenrede auf dessen Frau. Ich hielt Mitte der sechziger Jahre die seine.
Das ihm gewidmete Buch *Canto*, das 1963 erschienen und auch schon auf einer Liste der besten Bücher des 20. Jahrhunderts aufgetaucht ist, hat bis heute – wie übrigens meine anderen Bücher – überlebt. Das ist sein Triumph. Ich habe 1962 aus dem noch nicht abgeschlossenen Manuskript in Berlin bei der Gruppe 47 vorgelesen und gut abgeschnitten. Grass und Joachim Kaiser und Ingeborg Bachmann und möglicherweise Martin Walser traten für mich ein. Insgesamt war die Publikation jedoch ein Misserfolg, das Gegenteil von Unselds Prophezeiung. Stattdessen zog ich mir auf Grund eines Bandscheibenvorfalls eine überaus schmerzhafte Ischiaserkrankung zu, ich fiel sozusagen von der Höhe der Ruhmeserwartung auf den Boden und lag wie Kafkas Insekt über Mo-

nate platt auf dem Rücken. So war ich der heißersehnten Größe Leben durch eine unerwartete, obgleich leidvolle Erfahrung dennoch nahegekommen.

Von alldem ist in dem Buch nichts zu spüren. Das Buch hat eine rhythmische, eine Ohrensprache. Der Inhalt der Worte erreicht den Leser in der Artikulation musikalischer Wendungen, Tempi, auch Pausen. Man könnte mit Paul Klee meinen: Der Witz hat über das Leid gesiegt.

Juli 2019
Paul Nizon